07/07/2021

Edgar –
Mein Leben zwischen
Nobelpreis und Arschkarte

Teil 1

Für Johanna,
dicken, fetten Lesespaß
mit Edgar wünscht
von ♡-lich
d. M.

Jens Reinländer

EDGAR –
MEIN LEBEN ZWISCHEN NOBELPREIS UND ARSCHKARTE

TEIL 1

Engelsdorfer Verlag
Leipzig
2019

www.jens-reinlaender.de

Bibliografische Information durch die
Deutsche Nationalbibliothek:
Die Deutsche Nationalbibliothek verzeichnet diese Publikation in der Deutschen Nationalbibliografie; detaillierte bibliografische Daten sind im Internet über http://dnb.dnb.de abrufbar.

ISBN 978-3-96145-460-0
Zweite überarbeitete Auflage

Hergestellt in Leipzig, Germany (EU)
www.engelsdorfer-verlag.de
10,00 Euro (D)

Heute ist der vierte Advent und ich liege gefesselt und geknebelt in meinem Bett.

Normalerweise liege ich an so einem Tag nicht gefesselt und geknebelt im Bett. Normalerweise! Aber was ist bei mir in letzter Zeit schon normal verlaufen? Seit sich dieses nervige Quasselmonster in meinem Ohr eingenistet hat, stolpere ich von einem Fettnäpfchen ins nächste. Keine Ahnung, wie ich das bisher alles überleben konnte. Aber ich bin noch da! Obwohl mir das eigentlich fast unmöglich erscheint, wenn ich alle Katastrophen zusammenzähle, die mich bis jetzt heimgesucht haben.

Bestimmt bin ich bloß noch nicht aus den Latschen gekippt, weil ich als Genie auf die Welt gekommen bin.

Ich bekomme ja demnächst alle möglichen Nobelpreise überreicht. Aber im Augenblick bin ich noch auf dem steinigen Weg zum Ruhm unterwegs und werde deshalb als Genie leider noch nicht so richtig wahrgenommen. Manche halten mich sogar für irre. Selbst mein bester Kumpel, der Gescheitelte Bernd. Aber Bernd hat mich beruhigt. Ich soll mir deswegen keine grauen Haare wachsen lassen, hat er gesagt. Das ist normal. Jedes Genie ist auch gleichzeitig immer ein bisschen bekloppt.

Und Bernd muss es wissen. Sein Onkel arbeitet in einer Klapsmühle. Darum weiß Bernd auch ziemlich genau über Klapsmühlen und bekloppte Genies Bescheid. In Klapsmühlen wimmelt es nämlich nur so von denen. Alles durchgeknallte Typen, die dir auf Anhieb sagen können, wie viel 237 x 894 ist. Bloß, dass sie dabei auf dem Kopf stehen und sich mit allen zehn Fingern gleichzeitig in der Nase popeln.

„Das Problem ist, Genie und Wahnsinn sind leider Geschwister", hat Bernd mir erklärt und dazu ein Gesicht gemacht, als ob er mir damit ein großes Geheimnis offenbaren würde. Dabei wusste ich das längst. Bei mir zu Hause existiert dieses Geschwisterproblem schon so lange ich auf der Welt bin. Ich bin das Genie und mein kleiner Bruder Malte und meine große Schwester Stella sind die Wahnsinnigen. Aber ich schweife ab. Dazu später mehr. Jetzt wieder zurück zu den wichtigen Dingen. Zu mir!

Wie ich ja bereits erwähnte, werde ich demnächst alle möglichen Nobelpreise bekommen. Manchmal träume ich davon. Es ist immer derselbe Traum. Plötzlich hupt ein gelbes Postkranauto vor der Wohnungstür und der Briefträger ruft aus dem Fahrerhaus: „Guten Tag! Ich habe hier wieder einen Nobelpreis für Sie. Wo soll ich ihn denn diesmal abstellen?"

Daraufhin verdrehe ich die Augen und seufze: „Oh Mann, schon wieder ein Nobelpreis. Hört denn das nie auf? Stellen Sie ihn einfach zu den anderen." Und schon brummt und rattert der Kran los und ein gigantischer Pokal schwebt an einem Stahlseil baumelnd über das Haus in den Garten.

Dass der Pokal so riesig ist, habe ich der Auszeichnung zu verdanken. Weil die ja auch riesig ist. Ein Nobelpreis ist sozusagen der Dinosaurier unter den Preisen. Und ich habe schon neunundneunzig Stück davon. Jedenfalls in meinem Traum. Der ganze Garten ist mit Nobelpreisen vollgestellt. Ganz hinten links steht der „Nobelpreis für die Erfindung des Ja-Pulvers". Ein sehr hilfreiches Mittel gegen widerspenstige Eltern. Darum ist es auch nur an Kinder verkäuflich. Es ist sehr sparsam im Gebrauch. Für einen mittleren Erwachsenen braucht man nicht mehr als eine Messerspitze davon. Man lässt die benötigte Menge Pulver auf die Handfläche rieseln und pustet sie dann dem störrischen Erwachsenen ins Gesicht. Und schon hat sich das Problem, das eben noch da war, in Luft aufgelöst.

„Darf ich heute Abend den Gruselfilm sehen?" – „Ja."

„Fahren wir morgen in den Zoo?" – „Ja."

„Kaufst du mir ein goldenes Mountainbike?" – „Ja."

Natürlich gibt es in meinem Traum auch ein Nein-Pulver. Auch dafür habe ich einen Nobelpreis bekommen. Und klar, auch das Pulver darf nicht in falsche Hände geraten. Was heißt: Es darf nicht an Erwachsene verkauft werden! Damit es nicht zu Missbrauch kommt. Es soll ja Kindern helfen, ihren schwierigen Eltern Vernunft beizubringen.

„Muss ich jetzt für Mathe üben?" – „Nein."

„Soll ich wirklich mein Zimmer aufräumen?" – „Nein."

„Muss ich echt schon vorm Mittag aufstehen?“ – „Nein.“

Welches der beiden Pulver man nimmt, ist egal …

Welches der beiden Pulver man nimmt, ist egal. Sie helfen beide großartig, das Leben als Kind zu meistern. Man muss bloß höllisch aufpassen, dass man nicht aus Versehen das falsche Pulver erwischt. Die Pulver sehen sich nämlich zum Verwechseln ähnlich. Für den Fall habe ich gleich noch ein drittes Pulver erfunden. Das Lass-uns-später-noch-mal-drüberreden-Pulver. Mit dem Pulver verschafft man sich die nötige Zeit, das richtige Pulver herbeizuschaffen und den Fehler wieder auszubügeln. Natürlich habe ich auch dafür einen Pokal im Garten stehen. Der steht zwischen dem „Nobelpreis für die Erfindung der Ganzjahresferien“ und dem „Nobelpreis für die erste Achterbahn zum Mond“. Dann gibt es noch Nobelpreise für die Entdeckung des Luft-in-Pizza-Umwandlers und der Zahnpflege-Limonade. Und für die Erfindung von „Haarstopp“. Zwei Tropfen davon auf die Kopfhaut geträufelt und man hat eine Sorge weniger. Die Haare hören auf der Stelle zu wachsen auf und man muss nie wieder zum Friseur.

Nobelpreis um Nobelpreis reiht sich in meinem Garten aneinander wie auf einer Perlenschnur. Und nun also noch einer. Der Einhundertste. Ein Jubiläums-Nobelpreis. Ein „Nobelpreis für das massenhafte Erhalten von Nobelpreisen“. Einhundert Pokale stehen jetzt in meinem Traumgarten herum, versperren mir die Sicht und drücken den Rasen platt.

Und jeder ist mindestens so groß wie eine ausgewachsene Kuh.

„Bloß gut, dass sie nicht auch noch Kuhfladen auswerfen. Als Nobelpreisträger hat man es echt nicht leicht", stöhne ich jedes Mal und wache dann prompt an der Stelle immer auf.

Darum weiß ich auch nicht, wie der Traum weitergeht. Aber eins weiß ich ganz sicher: dass mir mein erster Nobelpreis schon im Nacken sitzt. Und ich weiß auch schon, wofür ich den bekommen werde. Für meine peinlich-blöden Sprüche. Die habe ich dem Quasselmonster zu verdanken, das sich in meinem linken Ohr eingenistet hat. Seit es dort haust, bin ich echt reif für den Literaturnobelpreis.

Angefangen hat alles beim Frühstück.

Ich weiß nicht mehr genau, an welchem Tag es war. Aber ich weiß noch genau, dass es draußen vorm Fenster wie aus Kübeln gegossen hat. Ich sitze also in die Küche und mampfe mein Müsli. Nebenbei grüble ich wieder mal darüber nach, wofür ich wohl meinen ersten Nobelpreis bekommen werde, denn das ist mir zu diesem Zeitpunkt noch ein großes Rätsel. Da entdecke ich plötzlich in der Zeitung, die Papa auf dem Tisch vergessen hat, ein Bild von Bruno Barrikade. Und über dem Bild steht in fetten Buchstaben: Heute große Sonderbeilage mit Fanposter!

Hammer! Ein Fanposter von Bruno Barrikade!, schießt es mir durch den Kopf und ich weiß auch sofort, wo ich das Poster aufhängen werde. Natürlich muss der beste Torhüter auf der Welt den besten Platz an meiner Posterwand bekommen. Denn beinahe wäre ich ja selbst in seine Stelle getreten. Aber weil ich als zukünftiger Nobelpreisträger dauernd so viel um die Ohren habe, musste ich die Karriere als weltbester Torhüter frühzeitig wieder an den Nagel hängen und Bruno den Vortritt lassen.

„Bruno Barrikade im Großformat an meiner Posterwand, das ist Klasse“, juble ich. Bis ich die Zeitung auseinander gefaltet habe und die Bescherung entdecke. Das Poster ist tropfnass und total zusammengepappt. Unsere Briefkastenabdeckung ist nämlich nicht ganz dicht und sobald es mal etwas kräftiger regnet, wird gleich der ganze Briefkasten geflutet. So wie an diesem Morgen. Schönen Dank, Regen! Jetzt hilft bloß noch wedeln. Wenn es fürs Postertrockenwedeln einen Nobelpreis gäbe, auch der wäre mir spätestens jetzt sicher gewesen. Ich wedele, bis dicke Schweißperlen auf meiner Stirn wachsen und ich so schlapp bin, dass es mir vor den Augen flimmert und eine Stimme in meinem Kopf irre kreischt: „Yippie, gib alles!“ Doch obwohl ich mich voll reinhänge und alles gebe, kommt mein Rettungsversuch leider zu spät. Die Druckerschwärze der Buchstaben ist bereits verschmiert und hat sich mit dem Bruno-Barrikade-Poster vermischt. Bruno Barrikade hat mit einemmal ein großes O unter der Nase hängen und auf seinem Kopf balanciert ein Fragezeichen. Auf seinem Torwartdress steht in schwarzen verwaschenen Buchstaben: Fliegenfänger. Und im Tornetz hinter ihm hat sich gleich ein ganzer Schwarm Wörter verfangen. In dem Zustand kann ich das Poster vergessen. Bruno Barrikade mit einem Nasenring und der Aufschrift: **Fliegenfänger**. Was für eine Schande!

Ich wette, Rudi würde jetzt vor Lachen glatt Schnappatmung kriegen. Obwohl er der Letzte ist, der über einen Torwart lachen darf. Selbst wenn dieser die Aufschrift „Fliegenfänger“ trägt.

Rudi ist übrigens mein zweiter bester Kumpel und als Torwart eine Niete. Das liegt an seiner geringen Bauhöhe. Rudi ist vom Wuchs her nämlich etwas tiefergelegt. Deshalb fängt er auch keine hohen Bälle und ist im Tor allerhöchsten als dritter Pfosten zu gebrauchen. Im Turnen ist Rudi dagegen ein Ass. Er kann in einer Geschwindigkeit Purzelbäume schlagen, dass einem beim Zugucken schwindlig wird. Aber im Tor, da ist er eine Flasche. Da braucht er Stelzen, um an die hohen Bälle zu kommen.

Bei den meisten von uns ist es genau umgekehrt. Wir fischen fast jeden Ball von der Linie. Doch wenn wir Purzelbäume schlagen sollen, sehen wir immer aus wie umhereiernde Pflaumen.

Am meisten eiert dabei die Heidelbeere. Mit bürgerlichem Namen heißt sie Heidrun-Beatrice. Sie ist unsere Klassensprecherin und der geborene „Bewegungsidiot“. Mit Sport hat sie gar nichts am Hut. Das ist aber auch gleich ihr einziger Mangel. Sonst ist sie eine Schülerin, von deren Fleiß wir uns alle eine Scheibe abschneiden können. Meinen jedenfalls unsere Lehrer. Wir Schüler dagegen meinen, dass die Heidelbeere mit ihrer Arbeitswut mächtig übertreibt und dass selbst ein Streber gegen sie noch ein Faultier ist. Beweise dafür liefert uns die Heidelbeere regelmäßig. Auch an dem Morgen, an dem ich Bruno Barrikade vergeblich zu retten versuche.

Kaum bimmelt es wenig später in der Schule zur ersten Unterrichtsstunde, kommt Direktor Kittel ins Klassenzimmer gefegt und überbringt uns die Nachricht, dass unsere Musiklehrerin Frau Schrei erkrankt ist. Weil unser Direktor das bedauerlich findet, hat er eine sorgenvolle Miene aufgesetzt. Wir bekommen sofort sorgenfreie Mienen, denn wir finden die Nachricht toll. Weil Frau Schrei ja zu Hause im Bett liegt und uns deshalb schon mal nicht anstecken kann. Und es kommt noch besser. Da Direktor Kittel so schnell keinen Ersatz bekommen konnte, bekommen wir jetzt eine Freistunde. Wir sollen im Zimmer bleiben und uns leise verhalten und nicht den Unterricht der anderen stören.

Die ganze Klasse sitzt da, als hätte Direktor Kittel gerade von einer „Freustunde" gesprochen. Bloß die Heidelbeere macht ein Gesicht, als hätte sie soeben eine Zwei plus verpasst bekommen und müsste zur Strafe dafür nun vier Wochen in den Stubenarrest.

Die meisten von uns wären ja schon mit einer Zwei minus zufrieden. Aber wenn man wie die Heidelbeere als Eltern zwei Ärzte hat, kommt eine Zwei plus einer Katastrophe gleich. Da muss mindestens eine Eins mit Sternchen her. Bei Ärzten ist das wohl so üblich. Dagegen bin ich echt ein Glückspilz. Mama arbeitet nämlich in einem Bäckerladen und Papa ist Bademeister in unserer Schwimmhalle. Da ist auch mal eine Drei erlaubt, wenn es nicht zum Dauerzustand wird. Ich habe mal heimlich beobachtet, wie die Mütter von Meerschweinchen-Klara und Pfannkuchen-Rosi die Köpfe zusammengesteckt und getuschelt haben: „Diese Heidrun-Beatrice ist wirklich sehr strebsam. Kein Wunder, dass das Kind so ist. Die Eltern färben ab!" Ich habe lange darüber nachgedacht, ob Eltern abfärben können. Leider bin ich bis heute zu keinem eindeutigen Ergebnis gekommen. Einerseits, wenn das stimmt, dann müsste der Vater von Rudi ein Zwerg sein. Ist er aber nicht. Andererseits trägt Bernd haargenau denselben Scheitel wie sein Vater. Das

Ganze ist eine wirklich komplizierte Angelegenheit, die mich wohl noch länger beschäftigen wird.

Aber jetzt zurück zur Heidelbeere. Die meldet sich plötzlich und sagt doch tatsächlich mitten in die Freude der Klasse hinein: „Können Sie uns für den verlorenen Unterrichtsstoff nicht ein paar sinnvolle Übungen geben, Herr Direktor?“ Direktor Kittel ist so überrascht, dass er erst mal schlucken muss. Und die ganze Klasse schluckt mit.

„Hat die eine Meise? Was gibt es denn Sinnvolleres, als eine Freistunde ohne Übungen?“, stöhnt Hannibal hinter mir und verdreht die Augen. Also, nicht der Hannibal von ganz früher. Der Hannibal hinter mir ist bloß sein Namensvetter. Die Eltern von Hannibal haben mal einen Film gesehen, wie der Hannibal von ganz früher die Römer verkloppt hat. Mit Pauken und Trompeten hat er sie in die Flucht geschlagen. Und Elefanten waren auch noch dabei. Das behauptet jedenfalls der Hannibal von heute stolz. Aber auf seinen Namen ist er nicht stolz. Eigentlich würde er viel lieber Max oder Moritz heißen, hat er mir unter vier Augen verraten. Hannibal ist ihm zu altbacken und zu kriegerisch. Daraufhin habe ich ihm gesagt, dass er froh sein soll, dass seine Eltern keinen Film über Donald Duck oder Pharao Thutmosis gesehen haben. Ich glaube, das hat ihn ein bisschen getröstet. Es ist wirklich ungeheuerlich, wie leichtfertig manche Eltern das Glück ihrer Kinder auf's Spiel setzen. Fast so ungeheuerlich wie der Satz, den die Heidelbeere da gerade herausposaunt hat. Und Direktor Kittel lässt sich auch nicht lange bitten und ruft nach dem ersten

Überraschungsanfall prompt in die Klasse: „Eine sehr löbliche Einstellung, Heidrun-Beatrice. Alle mal herhören. Ihr habt ja als nächstes Deutschunterricht bei eurer Klassenlehrerin Fräulein Lieblich. Fräulein Lieblich hat heute Geburtstag. Jeder sucht sich in seinem Deutschbuch ein Geburtstagsgedicht und lernt es bis zur nächsten Stunde auswendig. Und damit überrascht ihr dann Fräulein Lieblich. Ist das nicht eine prima Idee?“

Die Heidelbeere nickt erfreut. Und wir bewerfen sie mit giftigen Blicken.

Nicht, dass ich etwas gegen Gedichte hätte.

Wenn sie bloß nicht immer so furchtbar langweilig wären. Und kapieren tue ich sie meistens auch nicht. Mama sagt, Gedichte sind Poesie und Poesie ist Medizin für unsere Herzen. Mag ja sein. Aber mein Herz braucht so was nicht. Es ist kerngesund. Doktor Heilfroh kann das bezeugen. Er hat mir versichert, dass ich einen prima Herzschlag habe. Laut und kräftig wie eine stampfende Lokomotive. Und wie es scheint, haben auch die anderen in der Klasse starke gesunde Herzen, denn alle blättern nun mit Zähneknirschen und viel Gestöhn in ihren Deutschbüchern herum und suchen nach einem Geburtstagsgedicht für Fräulein Lieblich. Außer Heidrun-Beatrice natürlich. Die Heidelbeere hat längst das passende Gedicht gefunden und paukt eine Strophe nach der anderen. Ich werfe einen Blick in ihr aufgeschlagenes Buch. Na klar, eine Ballade. Was denn sonst?

Balladen sind der Hammer unter den Gedichten. Sie sind nicht nur meistens in einer grässlich altbackenen Sprache geschrieben, sie sind obendrein auch noch furchtbar lang. Wenn du eine Ballade vorträgst, musst du zwischendurch unbedingt immer mal auf der Stelle hüpfen. Sonst sind deine Schuhsohlen am Ende der Ballade garantiert mit dem Fußboden verwachsen und du kommst nicht mehr vom Fleck. Balladen sind wahrscheinlich ursprünglich als ausgefeilte Trainingsmethode für Hochspringer geschrieben worden – oder eben für Menschen mit kranken Herzen.

Sprunggewaltig ist die Heidelbeere nicht gerade. Ich habe sie mal beim Hochsprung erlebt und muss sagen: Entweder die Erdanziehungskraft wirkt bei ihr zehnmal stärker oder sie trägt Turnschuhe aus Blei. Ich glaube, jede Bowlingkugel kann höher hüpfen als sie. Bleibt also noch das Herz. Möglicherweise hat sie ja ein wirklich schlimmes Herzproblem.

Während ich mir gerade darüber so meine Gedanken mache, ertönt plötzlich neben mir ein leises unappetitliches Geräusch. Das gibt's doch nicht, die Heidelbeere hat gerülpst, durchzuckt es mich wie ein Blitz. Heidrun-Beatrice, das angeblich vorbildlichste, anständigste und wohlerzogenste Kind an unserer Schule hatte jetzt einfach so gerülpst. Mitten im Unterricht! Auch wenn es nur eine Freistunde ist, ich bin schwer beeindruckt. So was hätte ich ihr niemals zugetraut. Ich werfe einen Rundumblick in die Klasse. Aber außer mir scheint niemand die Sensation bemerkt zu haben. Auch die Heidelbeere tut so, als wäre überhaupt nichts passiert. Kerzengerade wie eine Zaunlatte sitzt sie neben mir und brabbelt mit geschlossenen Augen ihre Ballade. Da rülpst es schon wieder! Und nun höre ich obendrein auch noch eine Stimme kichern: „Ups! Heilige Kacke! Was ist denn heute los?" Hätte ich nicht bereits auf meinem Hintern gesessen, mit Sicherheit hätte es mich jetzt umgehauen. Die Heidelbeere steckt nicht dahinter, dass wird mir jetzt ziemlich schnell klar. Die leiert ja gerade in rekordverdächtigem Tempo eine Strophe nach der anderen herunter. Da kann sie unmöglich nebenbei noch andere Geräusche verursachen. Außerdem kommt mir die Stimme plötzlich sehr bekannt vor. Als ich das Poster von Bruno Barrikade trocken gewedelt habe, hat es in meinem Kopf genauso geklungen. Mir wird ganz komisch bei dem Gedanken, dass ich Stimmen höre, die außer mir niemand hört. Ich drehe mich um und frage Hannibal leise, ob er glaubt, dass man vom Postertrocknen eine Meise bekommen kann. Hannibal guckt mich an, als hätte ich hundertprozentig eine Meise und schüttelt den Kopf.

„Uff", meldet sich da die Stimme erneut und ich bin mir jetzt fast hundertprozentig sicher, dass sie in meinem linken Ohr steckt. Doch bevor ich der Sache weiter auf den Grund gehen kann, klingelt es plötzlich und die Freistunde ist vorbei.

Wieso Freistunden immer viel schneller vergehen als Unterrichtsstunden ist mir wieder mal ein Rätsel. Rudi erklärt mir, dass das an den verschiedenen Eigenschaften der Stunden liegt, welche man schon an den Teilwörtern **Frei** und **Unter** ablesen kann. In einer **Frei**stunde ist man **frei** und glücklich und die Zeit vergeht wie im Flug. In einer **Unter**richtsstunde dagegen wird man **unter**drückt. Da hat man nichts zu lachen und die Zeit wird zur Qual.

Im nächsten Moment kommt Fräulein Lieblich ins Klassenzimmer gerauscht und flötet gut gelaunt: „Guten Morgen, ihr Lieben. Ich hoffe, ihr hattet eine lehrreiche Freistunde. Direktor Kittel hat mir erzählt, dass ihr etwas vorbereitet habt. Und ich soll mich überraschen lassen. Na, da bin ich jetzt aber mal mächtig gespannt." Plumps, lässt sie sich auf die

Polster von ihrem Lehrerstuhl fallen und blickt uns erwartungsvoll an. Wie immer in solchen Augenblicken, wo alle etwas sagen dürfen aber keiner etwas sagen will, ist es jetzt totenstill im Raum. Doch schon schnellt die Heidelbeere vom Stuhl hoch und alle atmen auf. Auf unsere Heidelbeere ist zum Glück Verlass. Sie spricht, im Gegensatz zum Rest der Klasse, gern und viel. Deshalb haben wir sie auch einstimmig zu unserer Klassensprecherin gewählt. Und auch diesmal werden wir nicht enttäuscht. Als sie mit ihrer Geburtstagsglückwunsch-Ballade fertig ist, ist die Unterrichtsstunde beinahe vorbei und wir anderen sind so gut wie gerettet. Fräulein Lieblich ist gerührt und verpasst der Heidelbeere eine Eins und viel Lob. Doch dann rutscht ihr Finger im Klassenbuch weiter abwärts und bleibt schließlich in einer Region hängen, in der es für mich ungemütlich wird. Mit einem Blick auf ihre Armbanduhr sagt sie: „Fünf Minuten haben wir noch. Edgar, dir fehlt noch eine Zensur. Lass uns doch bitte einmal hören, was du vorbereitet hast.“ In solchen Momenten wünsche ich mir immer, dass alle in meiner Klasse auch Edgar heißen mögen. Dann könnte ich nämlich einfach sitzen bleiben und so tun, als wäre ein anderer Edgar gemeint und mich ginge das alles nichts an. Aber leider haben Eltern nicht immer den gleichen Geschmack, wenn es um die Namen ihrer Kinder geht. Und wenn man großes Pech hat, haben sie dann kurz vor der Namensverleihung auch noch irgendeinen doofen Film gesehen, der dann alles noch schlimmer macht. So wie bei Hannibal. Das Pech habe ich zwar nicht, aber blöd ist es trotzdem, dass ich jetzt hier weit und breit der Einzige bin, der Edgar heißt. Mein Herz wummert mächtig und der Hals fühlt sich plötzlich furchtbar trocken an. Die Heidelbeere hat eben fast eine ganze Unterrichtsstunde lang ein Gedicht heruntergerattert und ich habe noch nicht mal einen Zwei-Minuten-Reim parat. Ich habe in meinem Deutschbuch einfach nichts Brauchbares gefunden. Nur wird mir Fräulein Lieblich das jetzt garantiert nicht glauben.

„Oh, Mann, das wird bestimmt eine Sechs minus geben“, seufze ich deprimiert. Da höre ich plötzlich in meinem linken Ohr wieder diese Stimme. Und ohne dass ich jetzt irgendwas dagegen tun kann, plappere ich ihr plötzlich automatisch nach:

„Fritzchen Frosch und Mia Mücke
kaufen sich eine Perücke.
Montag darf sie Mia tragen,
Dienstag will es Fritzchen wagen,
Mittwoch steht Mia in Locken,
Donnerstag lässt Fritz sie rocken,
Freitag geht die Mücke schick,
Samstag ist der Frosch im Glück.
Sonntag hängt sie an der Wand,
– da ist Glatzentag im Land."

Die Klasse tobt und ich möchte am liebsten ganz schnell im Erdboden versinken. Was für eine Blamage! Etwas Unpassenderes gibt es ja wohl kaum, um Fräulein Lieblich zum Geburtstag zu gratulieren. Weshalb habe ich bloß die doofe Stimme nachgeäfft? Und wieso höre ich sie überhaupt? Oder bilde ich mir das vielleicht alles bloß ein und es gibt sie gar nicht? Aber woher kommt dann dieses alberne Gedicht? Ich kenne es doch überhaupt nicht! Und wie kann ich etwas aufsagen, wovon ich doch eigentlich keinen blassen Schimmer habe?

„Das Gedicht steht ja gar nicht im Deutschbuch!", ruft die Heidelbeere und zieht einen Schmollmund. Klar, steht es nicht da drin. Es kommt ja aus meinem linken Ohr, denke ich zerknirscht.

„Das ist Unfair! Wir sollten Gedichte aus dem Deutschbuch nehmen", mault die Heidelbeere weiter.

Typisch! Sie will immer die Klassenbeste sein und gönnt niemand anderem den Ruhm. Nicht mal, wenn er so peinlich ist, dass sich die ganze Klasse darüber scheckig lacht. Nur Fräulein Lieblich ist jetzt ganz still. Wahrscheinlich hat es ihr die Sprache verschlagen. Doch plötzlich klappt sie das Klassenbuch zu und murmelt: „Mit der Benotung, das überlege ich mir noch. Komm doch nach der Hofpause bitte mal zu mir ins Lehrerzimmer, Edgar. Ich habe etwas mit dir zu bereden!“ Dann rauscht sie aus dem Zimmer und ich falle wie ein nasser Sack auf meinen Stuhl zurück. Ich kann mir schon denken, was sie mit mir zu bereden hat. Das gibt einen saftigen Eintrag ins Elternheft. Was denn sonst?

Auf dem Schulhof bin ich jetzt ein Star.

Mein schräges Geburtstagsgedicht für Fräulein Lieblich ist Gesprächsthema Nummer eins. Wie ein Lauffeuer hat sich die Neuigkeit in der ganzen Schule verbreitet. Ich bin plötzlich der Hingucker. Alle starren mich an, als hätte ich nicht wie Bernd bloß einen, sondern gleich zehn Scheitel auf dem Kopf. Die Mädchen tuscheln und kichern und die Jungs grinsen mir hinterher. Rudi und Bernd laufen neben mir wie zwei Bodyguards. Fehlt bloß noch, dass ich jetzt Autogramme geben muss. Es ist ganz schön anstrengend, eine Berühmtheit zu sein.

Ich verkrieche mich auf der letzten Bank im hintersten Winkel vom Schulhof. Hier habe ich ein bisschen

Ruhe. Nur nicht vor Rudi. Der nervt schon die ganze Zeit über mächtig.

„Habt ihr gesehen, wie der Heidelbeere vor Überraschung der Mund runtergeklappt ist? Die war ja total sprachlos. Ich hätte nie geglaubt, dass ihr so was mal passieren würde. Dass du ein Gedicht ohne zu Stocken aufsagen kannst, das hat sie dir garantiert nicht zugetraut", schwärmt er.

„Ich mir auch nicht!", knurre ich zurück und grüble immer noch über die Stimme in meinem Ohr nach. „Sagt mal, hat euch schon mal jemand angesprochen, der eigentlich gar nicht da ist?", zische ich leise. Es muss ja nicht jeder wissen, dass ich Stimmen höre.

„Ist bei dir 'ne Schraube locker?", platzt Rudi erschrocken hervor. Ich seufze.

„Wenn ich das bloß wüsste." Bernd zuckt mit den Schultern. „Das ist doch nichts Besonderes. In der Klapsmühle von meinem Onkel finden jeden Tag solche Gespräche statt. Da unterhalten sich die Verrückten ständig mit irgendwelchen unsichtbaren Typen."

Na toll! So weit ist es also mit mir gekommen. Ich bin verrückt. Ich bin reif für die Klapsmühle. Und wie zur Bestätigung krächzt es im nächsten Augenblick erneut in meinem Ohr: „Verflixt, ist das klebrig hier. Autsch! Jetzt bin ich ausgerutscht. Igitt, was für eine Pampe! Eine Schweinesuhle ist nichts dagegen!"

„Oh nein, da ist die Stimme schon wieder", stöhne ich panisch. Rudi rutscht neugierig an mich heran. „Echt? Und was sagt sie?"

„Sie meckert über den Dreck in meinem linken Ohr."

„Die Stimme kommt aus deinem linken Ohr? Cool, zeig mal her", sagt Bernd und leuchtet mit seiner Minitaschenlampe in mein Ohr.

Das ist sehr unangenehm, denn Bernd kriecht fast mit hinein. Er ist ein bisschen kurzsichtig und sieht nur richtig gut, wenn er mit der Nase fast drauf stößt. Deshalb sitzt er bei Frau Schrei im Musikunterricht auch immer ganz hinten. Damit er „das Elend" vorn nicht sehen muss. Es reicht ihm vollkommen, wenn er es hört. Am liebsten wäre er in Musik auch noch taub. Aber Hören tut er ausgezeichnet. Und manchmal ist das ja auch sehr wichtig. Zum Beispiel, wenn man sich in einer Leistungskontrolle mal etwas vorsagen lassen muss. Und Bernd muss sich in Musik sehr oft sehr viel vorsagen lassen. Weil er auf musikalische Bildung keinen Wert legt. Wenn es ihn auf die Opernbühnen diese Welt ziehen würde, wäre das was anderes. Aber er will später mal Pilot oder Müllfahrer werden. Und für so was brauche er kein musikalisches Gemüt, behauptet er.

Doch im Moment sagt er nichts. Im Moment schnauft er nur und verrenkt sich neben mir nach allen Seiten, um auch wirklich jeden Winkel meiner Ohrmuschel auszuleuchten. Von Weitem muss es aussehen, als würden wir zwei gerade eine ziemlich komplizierte Yoga-Übung aufführen. Ich halte zähneknirschend still und hoffe, dass uns jetzt niemand dabei beobachtet. Ich bin nämlich nicht besonders scharf auf doofe Bemerkungen.

Schließlich lässt Bernd die Lampe wieder in seiner Hosentasche verschwinden und ächzt enttäuscht: „Da sitzt ein fetter Klumpen Ohrenschmalz. Aber sonst ist nichts zu sehen."

„Was hast du denn gedacht?“, knurre ich zurück. „Dass ich einen Mann im Ohr sitzen habe?“ Bernd nickt. „Wieso nicht? Bei meinem Onkel in der Klapsmühle gibt es einen, der hat sogar eine ganze Blaskapelle im Ohr. Jedes Mal wenn sie losspielt, reißt der Typ den Mund auf und die Musik kommt wie aus einem Lautsprecher hervorgescheppert. Vielleicht ist es ja bei dir ähnlich. Aber in deinem Ohr kann man ja leider nichts erkennen. Der Gehörgang ist dicht wie ‘n verkorkter Flaschenhals. Da hat die Stimme vollkommen Recht, wenn sie über den Dreck in deinem Ohr meckert. Moment mal! Woher weiß die Stimme eigentlich, dass dein Ohr zugemüllt ist? Das kann sie doch nur wissen, wenn sie Augen zum Sehen hat. Und wenn sie Augen hat, bedeutet das folglich, dass sie nicht bloß als Stimme in deinem Kopf existiert, denn eine Stimme hat keine Augen“, kombiniert Bernd.

„Sie hat nicht nur Augen, sie hat auch Beine. Sie ist nämlich in meinem Ohr ausgerutscht“, grummle ich und schaffe es damit zum zweiten Mal an diesem Tag, dass bei jemandem der Mund herunterklappt. Diesmal ist es Rudi, der sich nicht einkriegt. Er zieht sich bis zum Ende der Bank zurück und stöhnt: „Mann, das wird mir jetzt aber langsam echt unheimlich. Hoffentlich ist das nicht ansteckend. Kann man sich gegen so was impfen lassen?“

„Kann man nicht. Sonst wäre der Typ mit der Blaskapelle im Ohr ja nicht in der Klapsmühle gelandet“, murmelt Bernd düster und schafft es damit, mir auch noch das letzte Fünkchen Hoffnung zu nehmen, dass es vielleicht doch nicht so schlimm ist.

Wenig später stehe ich vorm Lehrerzimmer und überlege, ob ich jetzt echt da reingehen soll.

Unser Lehrerzimmer ist nämlich neben dem Direktorenzimmer der bedrohlichste Ort für uns Schüler. Weil dort die Lehrer meistens in geballter Ladung vorkommen. Schon einzelne Lehrer sind ja für einen Schüler nur schwer zu verkraften. Wo Lehrer aber in Massen auftreten, da wird's erst richtig ungemütlich.

Auch hinter dieser Tür ist das so. Da brennt dauernd die Luft. Das Telefon klingelt unablässig, irgendwer hämmert Schriftstücke in eine Computertastatur und von allen Seiten hetzen die Lehrer zum Kopierer hin oder in die entgegengesetzte Richtung davon. Jeder Schüler, der sich in dem Chaos blicken lässt, läuft echt Gefahr, totgetrampelt zu werden. Und falls man es doch irgendwie schafft, wieder lebend da rauszukommen, hat man plötzlich irgendeinen doofen Auftrag am Hals, wie Unterrichtsmaterialien austeilen oder Schülerlotsenvertretung. In unserem Lehrerzimmer herrscht ein Gewusel wie in einem Ameisenhaufen. Bloß, dass die Ameisen hier größer sind und dauernd Aufgaben verteilen.

Ganz anderes dagegen ist es im Zimmer vom Direktor Kittel. Da ist es so still wie in einer Friedhofsgruft. Leider fühlt man sich dort auch begraben wie in einer Gruft. Deshalb heißt dieser Raum unter uns Schülern auch: die Todeszone. Wer da hinein muss, der ist mindestens ein Schwerverbrecher und eine Gefahr für die Öffentlichkeit. Dort werden die „ganz schlimmen Fälle“ behandelt und verurteilt. Strafen wie Schulverweise oder Elterneinladungen sind das Mindeste. Manchmal gibt es noch drei Wochen Tafeldienst oder Papier aufsammeln auf dem Schulhof als Zugabe obendrauf. Welche Strafe man kriegt, weiß man vorher nie. Das kommt daher, weil die Strafen von Lehrern gemacht werden und die meisten Dinge die Lehrer tun, für uns Schüler völlig unlogisch sind.

Genauso unlogisch wie jetzt die Tatsache, dass mich Fräulein Lieblich ins Lehrerzimmer bestellt hat. Obwohl sie doch wissen müsste, dass es dort für mich höchst gefährlich werden kann. Aber vielleicht habe ich ja Glück und es ist gerade niemand drin. Dann kann ich mich schnell wieder verziehen und keiner darf hinterher behaupten, ich wäre ein Feigling und hätte mich bloß vor der Gefahr gedrückt.

Doch meine Hoffnung hält nur kurz an. Kaum habe ich an die Tür gepocht, ruft jemand von drinnen: „Herein.“ Die Stimme erkenne ich sofort. Sie gehört unserem Direktor. Ich wundere mich ein bisschen, wieso sich unser Direktor im Lehrerzimmer aufhält. Denn eigentlich gehört er ja ins Direktorenzimmer und demzufolge genauso wenig hierher wie ich. Aber wo er schon mal hier ist, will ich ihm einen hochachtungsvollen Gruß entbieten, so, wie es sich für einen braven Schüler gehört. Man weiß ja nie, ob es sich nicht hinterher mal auszahlt, wenn man einer Führungskraft höflich begegnet. Und unser Direktor Kittel ist ja sogar die oberste Führungskraft an unserer Schule.

Er ist der „Big Boss“ und steht über uns allen an der Spitze. Danach kommen die Lehrer. Dann Hausmeister Schlüsselbund, unser Küchenbulle Frau Aufessen und unser Putztäufelchen Fräulein Besenrein. Die stehen wiederum in der Hackordnung über den Schildkröten aus dem Schulzoo und den Schnecken und Käfern im Salatbeet vom Schulgarten. Darin sind sich alle einig. Da braucht man hier mit niemandem drüber zu diskutieren. Nur, wo wir Schüler stehen, ist noch nicht ganz klar.

Einige von uns meckern rum, wir Schüler kommen immer ganz zum Schluss. Wir sind der letzte Arsch im Glied. Andere dagegen finden, dass das so nicht stimmt. Weil wir wichtig sind. Wenn es uns nicht gäbe, könnten sie den Laden hier nämlich dichtmachen. Ich persönlich glaube ja, ein bisschen haben alle Recht und die Wahrheit liegt wohl eher in der Mitte.

Doch als ich nun ins Lehrerzimmer trete, zerbreche ich mir über so etwas natürlich nicht den Kopf. Ich nicke unserem Direktor freundlich zu und grüße ihn mit den Worten:

„Wenn zur Weise sich der greise
Weise dreht auf schräge Weise,
weiß die weiße weise Waise,
er hat's wieder mit dem Steiße.“

Direktor Kittel starrt mich an, als wäre ich irgendeine übernatürliche Erscheinung und ich merke, wie ich einen knallroten Kopf bekomme. Was war denn das jetzt? Schon wieder so ein peinlicher Aussetzer! Ich wollte doch bloß sagen: „Guten Tag, lieber Herr Direktor! Ich hoffe, ihnen geht es gut. Grüßen Sie Ihre Frau schön von mir!“ Doch stattdessen plappere ich irgendwelchen Schwachsinn. Was ist bloß mit mir los?

In meinem linken Ohr meldet sich wieder die Stimme und jubelt: „Yippie!“ Und dafür habe ich jetzt bloß eine Erklärung: Ich bin reif für die Klapsmühle!

Während ich darüber nachgrüble, wie ich nun aus der peinlichen Nummer wieder herauskomme, schallt plötzlich Beifall durchs Zimmer und Fräulein Lieblichs Stimme zwitschert: „Na, was sagst du jetzt? Habe ich dir zuviel versprochen, Bernhard? Edgar hat ein unglaubliches Talent. Glaubst du mir jetzt, dass er der Richtige ist?“ Direktor Kittel nickt und lächelt verschmitzt. Die Überraschung in seinem Gesicht ist wie weggeblasen. Dafür sitzt bei mir der Schreck jetzt umso tiefer. Was meint Fräulein Lieblich jetzt bloß? Wofür bin ich der Richtige? Und was für ein Talent soll das sein? Bis jetzt bin ich auch ganz gut ohne Talent klargekommen. Und eigentlich hatte ich auch in Zukunft nicht vor, mit irgendeinem Talent in Verbindung gebracht zu werden. Denn hast du erst mal eins, wirst du es nie wieder los. Dann haftet es an dir, wie Hundekacke an deiner Schuhsohle. Überall musst du es mit herumschleppen und vorzeigen. So ein Talent ist eine Last, die ich nicht gebrauchen kann. Deshalb war ich bisher auch froh, keins zu besitzen. Und jetzt das: Ein Talent hat sich klammheimlich an mich rangemacht. Und seine Folgen bekomme ich auch gleich zu spüren. Fräulein Lieblich taucht hinter einem Bücherstapel auf, sieht mich mit leuchtenden Augen an und flötet: „Wir würden uns sehr freuen, wenn du am Lyrischen Abend teilnehmen und dort deine Klasse vertreten würdest. Was hältst du davon, Edgar?“

Ich weiß nicht, ob der Schock über mein unverhofftes Talent daran Schuld ist oder wieder die Stimme in meinem Ohr. Aber anstatt eines klaren: Nein danke! Ich bin doch nicht bekloppt! Nehmt doch die Heidelbeere!, kommt wieder so ein Mist aus meinem Mund:

„Alphabet mal anders:

Vier Hexen wollen Rudern geh’n,
die Jüngste heißt Sybille.
Die Älteste liebt Speisequark,
die Schönste trägt ‘ne Brille.
Die Letzte, die heißt Muh-Muh-Muh,
da ist es fast kein Wunder,
dass sie auch schwer ist wie ‘ne Kuh,
so geht das Boot rasch unter.“

Fräulein Lieblich und Direktor Kittel sind begeistert.

„Willkommen im Team. Wir gratulieren dir zu deiner löblichen Entscheidung. Unser Lyrischer Abend ist zwar nicht die Nobelpreisgala, aber ein guter Anfang. Er kann für dich der Beginn einer großen Karriere werden“, sagt Direktor Kittel hocherfreut und kugelt mir beim Händeschütteln fast den Arm aus.

„Ja, nur den Besten wird diese Ehre zuteil. Selbstverständlich habe ich dir für dein schönes Gedicht von vorhin ein „sehr gut“ mit Sternchen ins Klassenbuch eingetragen“, trällert Fräulein Lieblich und strahlt mich an. Und ich werde irgendwie das Gefühl nicht los, dass es bis zum Literaturnobelpreis jetzt echt nicht mehr weit sein kann.

Der Lyrische Abend findet in jedem Jahr an unserer Schule statt.

Er ist ein Höhepunkt unseres Schülerlebens, sagen die Lehrer. Was aber falsch ist, weil es in einem Schülerleben gar keine Höhepunkte gibt. Vielmehr gibt es massenhaft Tiefpunkte. Wie Zeugnisausgaben, Leistungskontrollen, das Schulessen, Musikunterricht bei Frau Schrei – die Aufzählung ließe sich endlos fortführen.

Da unsere Schule schon sehr alt ist, ist auch der Lyrische Abend nicht mehr ganz jung. Was ihm aber nichts ausmacht, weil er eine lang Tradition hat und Traditionen müssen lang sein, weil man sie sonst nicht ernst nimmt. Unser Lyrischer Abend hat eine sehr lange Tradition, hat uns Direktor Kittel erläutert und seiner ehrfürchtigen Miene nach zu urteilen, müssen auch schon Heinrich Heine und Johann Wolfgang von Goethe hier aufgetreten sein.

Wie immer beginnt auch in diesem Jahr der Lyrische Abend mit den Vorbereitungen. Hausmeister Schlüsselbund holt von überall Stühle zusammen und sperrt sie in einen besonderen Raum. Der Raum ist sehr prunkvoll. An der Decke hängen riesige Kronleuchter und die Fensterscheiben sind aus buntem Glas. Sogar eine Orgel gibt es. Es ist fast wie in einer Kirche. Nur, dass es hier keine Empore gibt, von wo aus unser Direktor auf uns Schüler herabpredigen kann. Wenn Direktor Kittel seine Predigten hält, steht er an einem Rednerpult auf einer kleinen Bühne. Deshalb heißt der Raum auch nicht Kirche sondern Aula. Ich persönlich finde Aula ja etwas unpassend, weil die Bezeichnung eher nach einem Speichelprodukt klingt. Prunkhalle oder Luxuskabuff wäre hier meiner Meinung nach angebrachter. Aber mich fragt ja keiner. Schülermeinungen sind an unserer Schule leider meistens nur in Leistungskontrollen gefragt.

Nachdem Hausmeister Schlüsselbund genügend Stühle eingesammelt hat, schleppt er haufenweise Kartons vom Dachboden in die Aula. In den Kartons ist so ziemlich alles drin, was man für einen Lyrischen Abend so braucht. Kerzen und Kerzenleuchter, Bankett-Tischdecken, Plastikblumen, ein Buchständer, ein Mikrofon, Korkenzieher, Flaschenöffner Mottenkugeln und Fliegenspray. Einen ganzen Tag braucht Hausmeister Schlüsselbund für den Transport. Weil er nur zwei Hände hat und nicht hexen kann, wie er sagt. Aber beim Konzertflügel holt er sich noch ein paar Hände aus den oberen Klassen dazu. Die stärksten Jungs müssen mit anpacken und den Flügel aus dem Musikzimmer in die Aula rollen. Leider ist noch keiner drauf gekommen, ihn gleich für immer dort stehen zu lassen. Dann müsste er nie wieder hin und her gerollt werden und wir hätten endlich Ruhe im Musikunterricht, weil Frau Schrei uns damit nicht länger quälen könnte.

Nicht nur Hausmeister Schlüsselbund hat Vorbereitungen zu treffen. Auch unsere Eltern tragen Verantwortung. Sie müssen für die Beköstigung sorgen. Kuchen, Plätzchen, Kartoffel- und Nudelsalate, Würstchen, Schmalzbrote, Pizzas, gebratene Hühnerkeulen – alles wird gebraucht. Weil Lyrik anstrengend ist und hungrig macht. Und weil wir sonst nichts auf den Bankett-Tischen stehen hätten. Denn leere Bankett-Tische sehen nicht besonders stimmungsvoll aus und wir brauchen eine stimmungsvolle Umgebung, damit wir die „aufwühlende Kraft der Lyrik erspüren können". Sagt jedenfalls Direktor Kittel in seiner Eröffnungsrede. Ich habe ihn zufällig dabei belauscht, als er sie einstudiert hat – wie immer auf dem Jungsklo, vor dem großen Spiegel überm Waschbecken.

Es waren eine Menge Worte, die er gesprochen hat und die meisten davon habe ich nicht kapiert. Aber das ist bei unserem Direktor nichts Neues. Seine Reden sind für uns Schüler immer schwer verständlich. Er könnte sie auch auf Indonesisch halten oder uns das Telefonbuch rückwärts aufsagen, es wäre dasselbe. Aber Direktor Kittel stört so was nicht, Hauptsache er kann reden und die Schüler sperren ihre Ohren weit auf.

Hannibal meint, dass es keinen Zweck hat, sich darüber weiter aufzuregen, weil es unser Schicksal ist. Ein Direktor ist das Oberhaupt und somit der Chef der Schule und darf reden, wie ihm der Schnabel gewachsen ist. Und wir Schüler sind seine Untertanen und müssen die Ohren aufsperren. So läuft das nicht nur an Schulen, so funktioniert das ganze Leben: Der Kopf spricht und der Arsch hört zu.

Am Lyrischen Abend aber ist Direktor Kittel mal nicht die Hauptperson, jedenfalls sagt er das in seiner Rede. Stattdessen stehen wir, die Vortragenden, im Rampenlicht. Nun sind zur Abwechslung wir mal die Leittiere der Schülergemeinde.

Meerschweinchen-Klara hat sich vor Lachen ausgeschüttet, als ich ihr das erzählt habe. Dann hat sie gesagt, dass ich auf meine Figur aufpassen soll, weil Leittiere schnell dick werden. Sie hätte da so ihre Erfahrungen. Ich wusste sofort, wen sie meint. Rambo nämlich. Rambo ist der Anführer ihrer Meerschweinchenherde. Deshalb steht Rambo in der Hackordnung ganz vorn und frisst immer zuerst. Und erst, wenn er satt ist, dürfen die anderen an den Futternapf. Ein Leittier muss beim Fressen mit niemandem teilen, deshalb hat es Überbreite, hat mir Klara erklärt. Aber ich glaube, hier täuscht sie sich. Leittiere sind nicht automatisch dick. Und wer dick ist, ist nicht automatisch ein Leittier. Wenn es anders wäre, dann müsste ja beim Lyrischen Abend auch Pfannkuchen-Rosi mit auf der Bühne stehen. Die hat schließlich mehr Überbreite als die meisten von uns.

Seit ich der Bildungselite unserer Schule angehöre sind Rudi und Bernd schwer beeindruckt.

Rudi sagt, er hätte nie gedacht, dass ich es mal so weit bringen würde. Weil ich doch in Deutsch bis jetzt immer so eine Niete war. Und Bernd erinnert mich an unseren Schwur, dass wir alles teilen wollen und dass alle Preise, die ich beim Lyrischen Abend abräume, somit durch drei gehen.

Die Heidelbeere dagegen ist stinksauer, als sie Wind von meinem kometenhaften Aufstieg bekommt. Sie hatte fest damit gerechnet, selber ins Lyrik-Kompetenzteam befördert zu werden. Schließlich ist sie Klassenbeste und Schülersprecherin dazu und eine solch löbliche Doppelbelastung könne ja wohl niemand sonst vorweisen, schimpft sie aufgebracht. Hannibal hält dagegen, dass das noch lange kein Grund sei, sich so aufzublasen. Er mache schließlich auch nicht so ein Theater, obwohl er sogar eine Dreibfachbelastung zu verkraften hätte. Einmal durch den Unterricht, dann hinterher auf dem Bolzplatz und am Abend schließlich auch noch zu Hause, wo er seinen Eltern ständig die miserablen Zensuren beibringen müsse, klärt er uns auf. Aber das lässt die Heidelbeere nicht gelten. Sie sagt, wenn er nicht so faul wäre, hätte er auch keine Unterrichtsbelastung und bessere Zensuren. Und wenn es einer verdient hätte, unsere Klasse beim Lyrischen Abend zu vertreten, dann doch wohl nur jemand mit ihren Qualitäten.

Daraufhin geht die Heidelbeere zu den Mädchen und meckert dort weiter rum – wieso mir Fräulein Lieblich für mein Gedicht eine Eins mit Sternchen geben konnte, während sie selber nur eine einfache Eins bekommen hat. Und dann motzt sie noch: Ein solch unterirdisch schlechtes Gedicht wie meins, hätte sie das letzte Mal im Kindergarten in der Krabbelgruppe gebrabbelt. Und weiter, dass Fräulein Lieblich wohl nicht richtig hingehört habe, sonst hätte sie mein Gestotter ganz bestimmt nicht so gut benotet. Aber die Mädchen lässt das kalt. Besonders Pfannkuchen-Rosi. Die zuckt nur mit den Schultern. Wenn es nicht um Pfannkuchen geht, hat Rosi auch keine Meinung. Und Meerschweinchen-Klara hat zwar eine Meinung. Aber die behält sie lieber für sich. Weil Frauen kleine Geheimnisse haben müssen. Das macht sie attraktiver, hat sie mir etwas später anvertraut und mich dabei ganz komisch angelächelt.

Beim Abendessen dann fällt mir das Wort attraktiv wieder ein und ich frage gleich mal nach, was es bedeutet. Mama erklärt mir, dass man es beispielsweise sagt, wenn jemand einen sehr gepflegten Eindruck macht und immer gut gekleidet ist. Dann spricht man von einer attraktiven Person.

„So wie Frau Stöckelschuh aus dem Nachbarhaus?“, frage ich.

„Richtig, Frau Stöckelschuh ist so eine attraktive Person“, bestätigt mir Mama und ich kapiere, dass attraktiv dasselbe ist wie aufgedonnert. Denn Papa nennt Frau Stöckelschuh immer: Aufgedonnertes Modepüppchen. Manchmal gibt es eben für ein und dieselbe Sache gleich mehrere Bezeichnungen – auch das habe ich längst kapiert. Beispielsweise nennt Mama mich immer „Edgarchen“, wenn sie mich ruft. Papa dagegen nennt mich „mein Großer“. Stella findet, „Blödmann“ passt am besten zu mir. Und Malte plärrt meistens „Ägar“, wenn er mich meint.

Oder nehmen wir mal die Heidelbeere. Die heißt ja eigentlich Heidrun-Beatrice. Doch Direktor Kittel nennt sie mitunter auch „Vorbild“, unser Sportlehrer Triller dagegen meistens „steife Gurke“ und wir Schüler sagen „Streberin“ zu ihr oder „blöde Ziege“ oder „liebe Heidrun“, je nachdem, was wir gerade von ihr wollen. Welche Bezeichnung man wählt, hängt immer von der Wertschätzung ab, die man einer Sache oder einer Person gegenüber empfindet. Je größer die Wertschätzung, umso liebenswerter das Wort.

Bei der Heidelbeere genieße ich derzeit eine unterirdisch geringe Wertschätzung. Seit sie Wind davon bekommen hat, dass ich unsere Klasse beim Lyrischen Abend vertreten soll, nennt sie mich bloß noch Doofplapper. Aber da stehe ich drüber. Es gibt Schlimmeres. Zum Beispiel Pfannkuchen-Rosi beim Felgumschwung. Eigentlich ist es ein lustiger Anblick, wenn Rosi wie ein aufgehängter Sitzsack an der Reckstange baumelt. Solange man nicht selber mit ran muss. Wenn aber unser Sportlehrer Triller ruft: „Jungs, helft doch der Rosi mal beim Schwung holen!“, dann wird’s Schwerstarbeit und wir haben hinterher meistens blaue Flecken und Muskelkater. Da lebt man als Doofplapper doch wesentlich gesünder. Und Gesundheit ist bekanntlich ein kostbares Gut. Das bekomme ich jedenfalls regelmäßig von Mama zu hören. Nämlich immer dann, wenn ich vom Spielen nach Hause komme und gerade mal nicht besonders attraktiv aussehe. Dann macht Mama jedes Mal ein Riesenfass auf und schimpft, dass es ein Wunder sei, dass bei mir noch alles heil geblieben ist, wo ich doch wieder aussehe, wie von einer Gerölllawine überrollt. Und dann sagt sie meistens noch, ich solle ein bisschen mehr auf mich achtgeben und meine Gesundheit nicht immer so leichtfertig aufs Spiel setzen.

Neulich erst hat sie wieder damit angefangen.

„Wie kann man nur auf die duselige Idee kommen, bei Tauwetter zu rodeln?“ hat sie gerufen. Und ich habe mich verteidigt und gesagt: „Pah, das bissel Dreck und die paar Schrammen. Wenn der Schnee weg ist, dann ist Rodeln eben etwas problematisch. Da hättest du erst mal Hannibal sehen sollen. Der hat hinterher mit seinen Schlittschuhen sogar noch ein paar Runden im Goldfischteich gedreht. Mama hat entsetzt den Kopf geschüttelt und gesagt, dass wir unbelehrbar wären und wenn wir erst mal richtig krank würden, was sie uns niemals wünscht, dann würden wir sie schon verstehen.

Nein, über Gesundheit kann man mit meiner Mutter echt nicht diskutieren. Deshalb mache ich jetzt auch gar nicht erst meine Klappe auf, als Mama sich plötzlich zu mir über den Abendbrottisch beugt und ruft: „Findet ihr nicht auch, dass unser Edgarchen krank aussieht? Es hat ja fast keine Farbe mehr im Gesicht. Irgendwas stimmt nicht mit dem Jungen!"

Was soll denn mit mir nicht stimmen? Der Tag eines Schülers ist hart und entbehrungsreich. Da sieht man eben so aus, wenn man ihn überstanden hat, denke ich, sage aber nichts dazu. Papa blinzelt mich kurz an und brummelt: „Wenn etwas mit unserem Großen nicht stimmt, dann wird er es uns schon erzählen. Schließlich hat er ja einen Mund zum Reden." Ich nicke und hoffe, dass das Thema damit jetzt durch ist. Aber wie immer, wenn es um die Gesundheit geht, lässt sich Mama so schnell nicht stoppen.

„Fühlst du dich nicht gut? Ist etwas mit dir, Edgarchen?", bohrt sie weiter und lässt nun ihren berühmten Kummerblick auf mich niedergehen. Ich schüttle den Kopf und will nun doch etwas sagen, nämlich: Mach dir keine Sorgen. Mir geht es super. Ich bin heute aufgrund außergewöhnlicher Leistungen in meiner Muttersprache ins Team der Vortragenden zum Lyrischen Abend erwählt worden. Und solche Leistung kann man schließlich nur erbringen, wenn man topfit ist. Doch stattdessen kommt jetzt aus meinem Mund:

„Auf meiner Luftmatratze
hockt eine fette Katze,
sie presst und zieht 'ne Fratze.
Jetzt seufzt sie auf und wird ganz dünn
- oh, Mann, ich glaub, ich platze!"

Danach denkt niemand mehr ans Abendessen. Stella wirft sich fast weg vor Lachen. Malte will auf der Stelle die fette Katze sehen. Mama starrt mich entgeistert an und Papa stammelt verblüfft: „Äh, wie war das eben? Könntest du das bitte noch mal wiederholen?“

Eigentlich will ich jetzt gar nichts mehr sagen. Aber wie von selbst öffnet sich mein Mund erneut und schon höre ich mich die unglaublichen Worte sprechen:

„Ob Rocker, Zocker, Stubenhocker,
alle tragen Knickebocker.
Bloß Lügen haben keine,
die haben kurze Beine.“

„Fieber! Er hat Fieber! Unser armes Edgarchen“, ruft Mama erschrocken und stürzt ins Badezimmer zum Medizinschrank, um das Fieberthermometer zu holen.

Nein, ich habe kein Fieber! Daran ist bloß die doofe Stimme in meinem Ohr schuld, versuche ich die Sache klarzustellen. Doch auch das geht schief. Diesmal sage ich:

„Dem Hüpfspecht sind Hüpfburgen recht,
auf Schaukeln wird ihm immer schlecht.
Das sagt doch schon der Name – echt,
sonst hieße er ja Schaukelspecht!"

Der Rest des Abends ist schnell beschrieben. Natürlich zeigt das Thermometer kein Fieber an, trotzdem muss ich sofort ins Bett. Mama will den Notarzt anrufen. Papa meint, das wäre übertrieben und man solle nicht gleich mit Kanonen auf Spatzen schießen. Wahrscheinlich wäre ich bloß ein bisschen überarbeitet und er könne ja mal Direktor Kittel anrufen und ihn fragen, ob es nicht ein bisschen viel ist, was uns Kindern in der Schule an Unterrichtsstoff zugemutet wird. Direktor Kittel ist aber gerade nicht erreichbar. Und da Mama der Meinung ist, dass sie doch irgendwas tun müssten, ruft sie nun die Praxis von Doktor Heilfroh an und vereinbart gleich für den kommenden Tag einen Arzttermin für mich.

Am nächsten Morgen schlurfe ich also in die Praxis von Doktor Heilfroh.

Eigentlich hätte ich jetzt Sport. Normalerweise habe ich nichts dagegen, wenn unser Sportlehrer Triller mal ohne mich auskommen muss. Bewegung ist zwar gesund, aber bei soviel Bewegung wie wir sie dauernd vom Triller verpasst kriegen, werden wir bestimmt nicht alt. Ausdauerlauf und Geräteturnen sind seine bevorzugten Disziplinen. Damit quält er uns andauernd. Bernd sagt, alle Sportlehrer waren früher mal Aufseher in einer Strafanstalt. Sonst könnten sie uns Schüler gar nicht so schikanieren. Rudi dagegen findet, dass das Blödsinn sei. Seiner Meinung nach sind wir bloß Bewegungsidioten und unsportliche Flaschen und außer einem Fußball hinterherrennen, können wir gar nichts. Ich glaube, Bernd hat Recht und Rudi sagt das nur, weil er Fußball doof findet. Besonders wenn er ins Tor muss. Entweder ist ihm der Ball zu klein oder das Tor zu groß. Ständig hat er was zu meckern. Als ob der Ball oder das Tor etwas dafür könnten, dass er so kurz ist. Nicht mal Pfannkuchen-Rosi stellt sich so an. Die baut sich im Tor auf wie ein Kleiderschrank und macht es auf Anhieb dicht. Deshalb will sie auch jeder in seiner Mannschaft haben. Rudi dagegen ist nicht mal als Reservespieler gefragt. Bloß für Triller ist er allererste Sahne. Für unseren Sportlehrer ist Rudi die größte Sportskanone an der ganzen Schule. Wir anderen sind Schlappschwänze. Weil wir immer noch nicht eingesehen haben, dass es gesünder sein soll, auf Pfiff wie bekloppt durch die Gegend zu hetzen, anstatt die sportlichen Herausforderungen in Ruhe und Gemütlichkeit zu absolvieren.

Obwohl ich, wie gesagt, sehr gut auf Sportunterricht verzichten kann, würde ich jetzt trotzdem viel lieber in die Schule gehen, als in die Arztpraxis. Mama hat am Telefon bestimmt die wildesten Geschichten erzählt und nun wird mich Doktor Heilfroh nach allen Regeln der Medizin auseinander nehmen, umständlich begutachten und anschließend wieder zusammensetzen. So was kann ewig dauern. Und gerade heute haben wir bloß zwei läppische Stunden Sport. Musik und Mathe fallen aus, weil Frau Schrei immer noch krank ist und Direktor Kittel eine Schulleiterkonferenz besucht. Ausgerechnet an so einem Tag muss ich bei Doktor Heilfroh in der Arztpraxis versauern, anstatt nach Unterrichtsschluss mit auf den Bolzplatz zu gehen und den Ball in die Maschen zu dreschen.

Kein Wunder also, dass meine Laune im Keller ist, während ich die Praxis betrete. Und sie rutscht gleich noch tiefer, als mir das Fräulein an der Rezeption zuruft: „Du kannst gleich durchgehen, Edgar. Behandlungsraum 2 bitte." So was passiert mir dauernd! Wildfremde Leute sprechen mich an und tun so, als würden wir uns schon ewig kennen. Das kommt daher, weil die halbe Stadt die Brötchen bei meiner Mutter im Bäckerladen kauft. Dort gibt es außer Brot und Brötchen nämlich auch noch drei Bilder. Die hat Mama schön untereinander ans Brotregal gepinnt. Auf dem obersten Bild ist Malte mit seiner Glatzenpuppe zu sehen. Als es noch meine Puppe war, hatte sie lange braune Haare. Aber mein kleiner bekloppter Bruder hat die Haare nach und nach alle einzeln ausgezupft. Jetzt sieht der Puppenkopf aus wie ein Ei mit Ohren.

Auf dem Foto in der Mitte ist Stella abgebildet. Das Foto ist im vergangenen Jahr aufgenommen worden. Da hatte sie gerade Konfirmation. Deshalb trägt sie auch einen Hut, der ihren Kopf wie eine Blumenvase schmückt. Dazu an den Füßen hochhackige Apparate. Wenn ich nicht genau wüsste, dass die beiden Rutschen noch auf unserem Spielplatz stehen, hätte ich gewettet, jemand hat sie geschrumpft und meiner großen Schwester als Schuhe angedreht.

Das unterste Foto zeigt mich in voller Pracht. Hier gibt es ausnahmsweise mal nichts zu meckern. Außer, dass dieses Foto nicht in einen Bäckerladen gehört. Und schon gar nicht in Augenhöhe der Kundschaft an ein Brotregal. Da hängt man dann als unbescholtener Mensch und wird wie ein Verbrecher auf einem Steckbrief von allen möglichen Leuten angestarrt: „Ach, dass ist wohl ihr Sprössling? Wie nett!"

Darum wundert es mich überhaupt nicht, dass mich das Fräulein hinter der Rezeption sofort erkannt hat. Und genauso wenig wundert es mich jetzt, dass mir alle aus dem Wartezimmer hinterherglotzen, als ich im Behandlungszimmer verschwinde. Bestimmt kaufen die auch alle ihre Brötchen bei meiner Mutter im Laden und kennen mich längst.

„Na, da ist ja unser Notfall! Was fehlt dir denn, Edgar?", begrüßt mich Doktor Heilfroh schmunzelnd. Eigentlich will ich bloß sagen: Vergessen Sie einfach alles, was Ihnen meine Mutter gestern Abend am Telefon erzählt hat. Mir geht's prima! Doch stattdessen rutscht mir jetzt als Antwort heraus:

„Sobald ich auf 'ner Hängebrücke,
mich tief über's Geländer bücke,
und der Wind tut kräftig pusten –
krieg' ich Würfelhusten."

„Aha, sehr interessant", murmelt Doktor Heilfroh, zieht eine Taschenlampe hervor und blendet mir damit so lange in die Augen, bis ich lauter rote Kringel sehe. Dann schiebt er mir einen Holzlöffel in den Mund und starrt minutenlang in meinen Hals. Schließlich klopft er mit einem Hämmerchen an mir herum und ich muss dreimal den Hampelmann machen. Wenn ich so darüber nachdenke, finde ich solche Untersuchungen schon reichlich albern. Bernd ist sogar felsenfest davon überzeugt, dass es gar keine echten Untersuchungen sind, sondern bloß Entspannungsübungen für den Arzt. Wenn man als Arzt den ganzen Tag mit griesgrämigen Patienten zu tun hat, braucht man zwischendurch auch mal ein bisschen Spaß, sonst dreht man durch. Deshalb denken sich Ärzte diesen Unfug aus, behauptet er.

Die Heidelbeere wiederum meint, man müsse den Ärzten unbedingt vertrauen. Die wüssten schon was für ihre Patienten richtig sei. Aber, dass sie so denkt ist keine große Überraschung. Ihre Eltern sind ja alle beide Ärzte.

Wie auch immer, mir bleibt jetzt sowieso nichts anderes übrig, als darauf zu vertrauen, dass auch Doktor Heilfroh weiß, was für mich richtig ist. Doch im Moment sieht es nicht danach aus. Er rammt mir plötzlich sein Ohrenguckgerät so heftig in den Gehörgang, dass ich zusammenzucke.

„Keine Angst, das ist nur ein Otoskop, das beißt nicht. Damit sehe ich, ob du deine Ohren auch regelmäßig wäschst“, lacht er. Doch im nächsten Moment verschlägt es ihm fast die Sprache.

„Donnerwetter, hast du eine Sumpf hier drin! Da kann man ja Rüben stecken!“, staunt er. „Dann lass uns den Schmodder mal ganz schnell rausspülen, bevor du gar nichts mehr hörst.“

Er macht seine Ohrenspülmaschine startklar und schon rauscht eine Sintflut durch meine Gehörgänge, dass mir Hören und Sehen vergeht. Obendrein meldet sich nun auch noch die Stimme in meinem linken Ohr zurück und macht mir Stress, als ob ich jetzt was dafür könnte. „Iih! Bäh! Pfui! Bist du bescheuert? Aufhören!"

Irgendwann erbarmt sich Doktor Heilfroh endlich und lässt mich wieder frei.

„Na, besser?", fragt er und wischt sich ein paar Schweißperlen von der Stirn. Ich fühle mich, als wäre gerade ein ganzer Ozean durch meine Ohren geschwappt und stöhne:

„Hätt' ich mehr Rettich,
am besten Meerrettich,
wäre mein Essen – wett' ich,
nicht so fettig!"

„Äh, ja da hast du Recht. Aber ich wollte eigentlich nur wissen, wie gut du mich jetzt hören kannst", murmelt Doktor Heilfroh irritiert. Ich nicke zum Zeichen, dass ich ihn durchaus verstanden habe und sage diesmal:

„Zehn zahnlose Zeisige zuzeln Zaziki aus
Zottelziegen-Zuzelzitzen."

Doktor Heilfroh eilt zu seinem Schreibtisch und ruft: „Warte, nicht so schnell. Ein toller Zungenbrecher. Den muss ich mir unbedingt aufschreiben. Hast du noch mehr davon auf Lager?"

Eigentlich will ich jetzt bloß „Nein!“ sagen, antworte aber stattdessen:

„Vierzig frisch frisierte friesische Frösche pflückten flugs frische Früchte, früh vier vor vier für vier Fürsten!“

Doktor Heilfroh ist so begeistert, dass er fast vom Stuhl fällt. „Edgar, du bist ja ein Genie! Ich kann mir so was nie merken. Du solltest beim Lyrischen Abend mitmachen. Ich kenne Direktor Kittel ganz gut. Soll ich mal beim ihm ein Wörtchen für dich einlegen?“

Natürlich nicht! Ich bin ja bereits nominiert. Und außerdem kommen diese ganzen doofen Sprüche nicht von mir. Damit habe ich nicht das Geringste zu tun! Das sage ich Doktor Heilfroh jetzt auch unverblümt ins Gesicht. Doch der Doktor versteht mich nicht, denn aus meinem Mund kommt wieder so ein Mist:

„Schläfrig schnappend schleppen schlappe Schnappschnecken schlaffe Schnappschneckenschlappen.“

Eifrig notiert Doktor Heilfroh meine Worte, während ich es jetzt tatsächlich doch noch irgendwie hinbekomme, von der Stimme in meinem Ohr zu erzählen und dass das eigentlich gar nicht ich bin, der da spricht. Und dann frage ich ihn noch, ob es möglich ist, dass ich eine Meise habe.

Daraufhin lacht Doktor Heilroh laut los und haut mir so derb auf die Schultern, dass ich mir vor Schreck auf die Zunge beiße.

„Da mach dir mal bloß keine Sorgen, Edgar. Das scheint dir nur so. Das kommt daher, weil Genie und Wahnsinn so dicht beieinander liegen, dass sie nur ganz schwer zu unterscheiden sind. Sogar für einen Fachmann wie mich. Ich hatte mal einen Patienten, dem saß gleich eine ganze Blaskapelle im Ohr. Erst dachte ich, der Kerl ist völlig verrückt. Doch dann hat er jedes Musikstück, das ihm die Kapelle im Ohr vorspielte, in höchster Perfektion wiedergegeben. Eine ganz außergewöhnliche Begabung. Ich wette, mittlerweile ist aus ihm längst ein berühmter Stimmen-Imitator geworden und er ist auf allen großen Bühnen dieser Welt zu Hause. Und aus dir wird bestimmt auch noch mal etwas ganz Besonderes."

Okay, was meine Person angeht, kommt die Einschätzung von Doktor Heilfroh für mich jetzt nicht weiter überraschend. Natürlich werde ich mal ganz groß rauskommen. Ich bin ja bereits Anwärter für alle möglichen Nobelpreise. Aber was den Kerl mit der Blaskapelle im Ohr angeht, da irrt sich der Doktor gewaltig. Zufällig weiß ich nämlich aus sicherer Quelle, dass es der Typ bloß bis in die Klapsmühle geschafft hat. Doch noch ehe ich Doktor Heilfroh über seinen Irrtum aufklären kann, ruft der schon: „Der Nächste bitte!" und schiebt mich aus dem Behandlungszimmer.

Deprimiert schlurfe ich davon.

Der Gedanke an den Patienten mit der Blaskapelle im Ohr macht mich jetzt ziemlich nervös. Vielleicht bin ich ja auch längst reif für die Klapsmühle. Ob man nun eine Blaskapelle oder bloß eine einzelne Stimme im Ohr hat, ist doch im Grunde egal. Als Lachnummer taugt man in jedem Fall. Andererseits gibt es doch einen Unterschied, der mir wieder Hoffnung macht.

Im Gegensatz zu dem Kerl in der Klapsmühle werde ich ja bald meinen ersten Nobelpreis bekommen. Und einen Nobelpreis erhält man wohl kaum, wenn man nicht mindestens ein hochbegabtes Genie ist und Sachen drauf hat, die sonst keiner hinbekommt.

Sicher, Rosi hält den Weltrekord im Pfannkuchenessen. Das ist auch ein großer Verdienst. Sie verschlingt Pfannkuchen wie eine zehnköpfige Raupe. Niemand sonst schafft das in dem Tempo wie sie.

Aber für einen Nobelpreis reicht das noch nicht aus. Denn die erbrachte Leistung muss auch noch so großartig sein, dass einen alle darum beneiden. Rosi beneidet niemand um ihre Begabung. Weil massenhafter Pfannkuchenverzehr bekanntlich einen dicken Schwabbelbauch macht. Und darauf ist keiner von uns scharf.

Auch Malte schafft etwas, das sonst keiner hinkriegt. Er hat die einzigartige Begabung, sich das Essen in die Nasenlöcher zu stopfen, anstatt in den Mund. Das kommt daher, weil er ständig mit seinem Essen rumspielt. Besonders kritisch ist es immer, wenn es irgendwas mit Erbsen oder Hackbällchen gibt. Dann müssen wir alle jedes Mal höllisch aufpassen, dass er nicht daran erstickt. Darum ist Malte auch etwas Besonderes, wird aber, genau wie Rosi, von niemandem um sein Talent beneidet. Somit kann auch Malte keinen Nobelpreis bekommen.

Im Unterschied zu mir. Ich schaffe es durchaus, Menschen so von mir zu beeindrucken, dass sie neidisch werden. Aktuellstes Beispiel: die Heidelbeere. Die sah gestern vor Neid ganz gelb aus, als sie in der Klasse gegen meine „Eins mit Sternchen" in Deutsch gegiftet hat. Somit dürfte ich also alle Voraussetzungen für einen Nobelpreis erfüllen. Und der wiederum wäre der unbestechliche Beweis dafür, dass ich ein wahrhaftiges Genie bin und kein verrücktes. Denn die Verrückten bekommen keine Nobelpreise, die landen ja in der Klapsmühle. Womit wiederum auch noch bewiesen wäre, dass der Kerl mit der Blaskapelle im Ohr komplett durchgeknallt sein muss und kein wirkliches Genie sein kann, wie Doktor Heilfroh das glaubt. Manchmal irren sich eben auch Ärzte. Das ist sehr bedauerlich, aber zum Glück kommt das ja nicht so oft vor. Außer bei den Eltern von der Heidelbeere. Die irren sich nämlich in einem Punkt ständig. Sie sind der Meinung, ihre Tochter könnte ohne weiteres zwei bis drei Klassen überspringen, wenn man ihre schulischen Leistungen mit denen ihrer Mitschüler vergleicht. Unser Sportlehrer Triller hat herzhaft darüber lachen müssen, als er das gehört hat. Und dann hat er seine Bildungsempfehlung abgegeben und gesagt, dass man die Heidelbeere besser ein paar Klassen zurückstufen sollte, weil sie immer noch auf dem Niveau einer Fünfjährigen turnt und so gelenkig ist, wie eine Brechstange. Und da muss ich dem Triller ausnahmsweise mal Recht geben. Selbst Malte schafft drei Keulenschwünge hintereinander, ohne gleich eine Fensterscheibe zu zertrümmern.

Die ganze Zeit, von der Praxis bis nach Hause, schlage ich mich mit solchen Gedanken herum. Das passiert mir sehr oft. Was wiederum erneut beweist, dass ich ein Genie bin. Denn nur Genies machen sich so viele Gedanken über die Welt und was sie im Innersten zusammenhält.

Doch kaum bin ich daheim angekommen, ist es erst mal wieder vorbei damit. Mama nimmt mich in die Arme und drückt mich fest an sich. Sowas macht sie nur, wenn sie jemandem zeigen will, dass er sie sehr glücklich macht. Ich nenne es immer den Mütter-Verdienstschwitzkasten. In Gedanken gehe ich noch mal die letzten vierundzwanzig Stunden durch. Aber ich kann mich absolut an nichts erinnern, das erklären würde, weshalb mich meine Mutter gerade vor Freude zerquetscht. Wegen meiner schmutzigen Füße wird's ja wohl kaum sein. Vielleicht wegen der Spinne, die ich heute Morgen mit Papas Hauspantoffel an die Wand genagelt habe? Oder etwa wegen der Wespe, die ich dann doch nicht zu Stella ins Zimmer gejagt habe, weil ich der armen Wespe einen Schock ersparen wollte?

Mama ist ganz aus dem Häuschen und findet, dass ich zu Höherem geboren und ein Wunderkind bin. Ich wundere mich ein bisschen, dass sie das jetzt erst merkt, kann aber den Glückstaumel nun gut verstehen. Doch als dann Stella auftaucht und mir im Vorbeigehen „oller Dummschwätzer" zuraunt, bin ich plötzlich über den wahren Grund des Freudenausbruchs im Bilde. Mama hat mit Doktor Heilfroh telefoniert und der Doktor hat ihr am Telefon meine Zungenbrecher vorgelesen – wie sie mir auch gleich darauf stolz bestätigt. Und nicht nur das. Mama weiß jetzt auch, dass ich beim Lyrischen Abend mit auf der Bühne stehen werde. Fräulein Lieblich war bei ihr im Laden und hat nicht nur Brötchen gekauft, sondern gleich noch die „frohe Botschaft" in alle vier Himmelsrichtungen hinausposaunt.

„Und weißt du, was wir jetzt machen?", fragt Mama und entlässt mich aus dem Schwitzkasten.

„Keine Ahnung", keuche ich und bekomme ein mulmiges Gefühl. Wenn Mama mich so anstrahlt, wie sie das jetzt tut, hat sie fast immer einen Plan, der mir nicht gefällt.

„Wir fahren in die Stadt und besorgen dir die passende Garderobe für den großen Tag", verkündet sie. Wieder mal hat mich mein Gespür für nahende Katastrophen nicht im Stich gelassen.

Wenn es nach mir gegangen wäre, hätten wir vor Charlies Klamotten-Manufaktur gehalten.

Ich wäre kurz reingesprungen und hätte mir ein cooles T-Shirt und eine Jeans rausgesucht, dazu ein Base-Cape und ein paar schicke Turnschuhe. Ein paar wenige Handgriffe nur und schon hätte ich alles beisammen gehabt, was für meinen Bühnenauftritt nötig ist. Mit meiner Mutter ist so ein Blitzeinkauf ausgeschlossen. Sie braucht schon locker zehn Minuten fürs Einparken. Dann mindestens noch mal dieselbe Zeit, um sich für ein Geschäft zu entscheiden. Und wenn in dem Laden auch noch schmalzige Musik aus den Lautsprechern tropft und ein geschniegelter Verkäufer sie einkreist und ihr Komplimente macht, dann muss schon die Erde beben oder im Geschäft eine Feuersbrunst ausbrechen bis meine Mutter den Laden freiwillig wieder verlässt.

Wir haben in unserem Ort so einen Laden. Und natürlich wählt meine Mutter für meine Garderobe genau diesen Laden aus. Ich würde nie auf die Idee kommen, da hinein zu gehen. Selbst wenn es Winter wäre und ich hätte nur eine Badehose an. Denn der

Laden ist voll mit Sachen, die jeden normalen Jungen erschrecken und ihm Alpträume bereiten. Dort gibt es Dinge, die noch aus den Folterkellern des Mittelalters stammen. Nein, keine Daumenschrauben und Brandeisen. Viel Schlimmeres. Manschettenknöpfe und Krawatten! Überall stehen Glasvitrinen herum die voll sind mit so was. Und wo es keine Glasvitrinen gibt, versperren einem Regale den Weg. Es ist wie in einem Irrgarten. Bloß, dass es hier keine Hecken gibt, sondern Hemden mit steifen Kragen. Und Schuhe, die weder zum Fußballspielen noch zum Bäumeklettern taugen. Ich rätsele immer noch, wozu man so spitze Schuhe braucht. Bernd sagt, sein Vater hat auch solche Schuhe. Die trägt er immer, wenn er mit seiner Mutter ins Theater geht. Die Schuhe sind zwar nicht besonders bequem, aber er zieht sie trotzdem an. Sonst trägt er meistens Gummistiefel. Bernds Vater arbeitet in einer Gärtnerei und da sind Gummistiefel eine sehr nützliche Fußbekleidung. Obwohl ich glaube, dass spitze Schuhe in einer Gärtnerei auch ganz brauchbar wären. Man könnte damit die Mohrrüben herausstochern oder Löcher für die jungen Pflänzlein in die Erde bohren. Aber Bernds Vater geht nie mit den spitzen Schuhen in die Gärtnerei. Bloß ins Theater. Deshalb vermute ich, dass er mit seinen bequemen Gummistiefeln nicht ins Theater hineinkommt. Wahrscheinlich gibt es im Theater eine Art Kostümzwang. Entweder man trägt unbequeme spitze Schuhe oder man bleibt draußen.

In einem Manschettenknopf-Krawatten-Laden dagegen ist es genau andersherum. Da kommt man ohne spitze Salatstecher nicht wieder heraus. Und in genau so einem Laden sitze ich nun also und warte auf die furchtbaren Dinge, die immer passieren, wenn man als Kind da hinein verschleppt wird.

Ich muss nicht lange warten. Mama hält mir einen silbergrauen Anzug vors Gesicht und sagt: „Der sieht doch flott aus! Findest du nicht auch?"

Ich finde, er sieht genauso langweilig aus, wie die anderen eintausend langweiligen Anzüge, die hier mindestens noch herumhängen. Mama sieht mir an, was ich denke. Sie runzelt finster die Stirn und legt das Teil wieder weg. Die Runde geht also an mich. Aber ich weiß, dass ich im Grunde keine Chance habe. Hier komme ich nur mit einer vollen Einkaufstüte wieder raus. Und in dieser Tüte wird etwas Grusliges stecken. Ich weiß bloß noch nicht genau, was es sein wird.

Schon taucht Mama wieder auf. Diesmal hat sie einen dunkelroten Schickimicki-Anzug und eine lila gepunktete Krawatte dabei. Und natürlich muss ich jetzt alles anprobieren.

„Ach, ist das hübsch! Bist du das wirklich, Edgar? Du siehst ja jetzt richtig erwachsen aus", seufzt sie gerührt, als ich wieder aus der Kabine komme. Dann strahlt sie mich an und sagt: „Wie fühlst du dich denn in den schmucken Sachen, mein Großer?"

„Wie'n Hampelmann", maule ich zurück.

Mamas Gesicht verfinstert sich wieder. Ich lasse mich davon nicht einschüchtern und mache ebenfalls ein finsteres Gesicht. Zu allem Ärger kommt jetzt auch noch der Verkäufer angelaufen.

„Kann ich ihnen helfen? Was darf es denn sein? Etwas für den jungen Herrn?“, fragt er und grinst mich breit an. Ich mache ihm klar, was ich von ihm halte: Ich setze meinen berüchtigten Dreihundertsechziggradblitzwirbelflattergrätschenunholdabwehrblick auf. Mama dagegen freut sich und nickt. „Oh ja, wir suchen etwas für einen ganz besonderen Abend, den Lyrischen Abend an unserer Schule. Mein Sohn steht nämlich in diesem Jahr mit auf der Bühne, müssen Sie wissen“, verkündet sie strahlend dem Verkäufer.

Der grinst jetzt noch breiter und nickt ebenfalls: „Aha, ich verstehe. Dann schlage ich vor, es sollte etwas Festliches, aber gleichzeitig jugendlich Sportliches sein.“

Ich nicke nicht und wechsle stattdessen in mein bewährtes Schurkenbekämpfungshandkantenhammerverteidigungsgenickschlagdrohgesicht. Aber auch das nutzt diesmal nichts. Als wir schließlich wieder draußen sind, halte ich eine Tüte in der Hand. Wie zu erwarten war, ist es keine von den lustigen knallbunten Comic-Tüten wie man sie in Charlis Klamotten-Manufaktur bekommt. Diese Tüte ist eine von der Sorte, vor denen ich mich die ganze Zeit über schon gegruselt habe. Sie ist protzig groß und glänzt golden. Ich komme mir vor, als würde ich mit einem riesigen Goldbarren spazieren gehen. Das Teil ist voll peinlich. Aber noch viel peinlicher ist sein Inhalt. Um die Salatstecher bin ich zwar noch mal drumherum gekommen. Aber eine Krawatte mit Donald Duck vorn drauf und ein Seidenhemd mit steifem Kneifzangenkragen sind auch nicht viel besser. Für mich aber angeblich genau das Richtige. Mama und der Verkäufer waren sich da hundertprozentig sicher. Natürlich ist das ein Riesenirrtum. Aber gegen soviel geballten Unverstand kann man nichts machen. Nicht mal, wenn man ein Genie und zukünftiger Nobelpreisträger ist.

Zu Hause muss ich die neuen Klamotten sofort vorführen.

Papa will sie unbedingt sehen. Ich zwänge mich also noch mal in das Hemd und hänge mir die alberne Donald-Duck-Krawatte um. Mama ist natürlich wieder total begeistert und Papa findet mich jetzt

„richtig vorzeigbar". Ich dagegen fühle mich unterirdisch schlecht angezogen. Meine bekloppte große Schwester bringt es auf den Punkt. „Hi, hi, was ist denn mit dir los? Probst du schon für den Fasching? Du gehst wohl in diesem Jahr als Clown?", kichert sie. Und ich kann noch nicht mal etwas dagegen sagen. Ich sehe ja echt aus wie ein Clown. Dann kommt auch noch mein kleiner bekloppter Bruder angerannt und grabscht nach der Krawatte. Die Krawatte hat einen Gummizug, damit man sie nicht dauernd binden muss. Das ist das einzig Gute an der ganzen Ausrüstung. Weil ich ja keinen Krawattenknoten binden kann. Jetzt ist es aber nicht so gut. Denn die herabgezogene Krawatte schnellt plötzlich nach oben und peitscht mir ins Gesicht.

„Jetzt hat unser Blödmann auch noch eine rote Nase. Passt ja gut zum Clown", witzelt Stella und ich bin restlos bedient.

Zum Glück klingelt es jetzt an der Wohnungstür und beendet die peinliche Vorstellung. Mama läuft aus dem Zimmer und ruft aufgeregt: „Das ist bestimmt der Postbote!" Sie erwartet mal wieder ein Päckchen mit Seifen und Salben. Es vergeht kein Tag, an dem sie sich nicht seift und salbt. An den Wochenenden sogar zweimal täglich! Dann besetzt sie stundenlang das Bad und alle anderen müssen draußen bleiben. Was sie während der Zeit da drin macht, weiß keiner von uns so genau. Und sie spricht auch nicht drüber. Wenn man sie danach fragt, kriegt man bloß zur Antwort: Das sei ein Geheimnis, das Geheimnis ihrer Schönheit. Dabei ist Mama schon von

Natur aus schön und braucht solche Geheimnisse eigentlich nicht. Mir ist es schleierhaft, wie sie den halben Tag im Badezimmer verbringen kann, bloß um nachher nach Flieder oder Honig zu riechen. Und Stella hat neuerdings dieselbe Macke. Sie blockiert das Badezimmer den anderen halben Tag. Man muss echt Glück haben, da reinzukommen. Das ist wie ein Sechser im Lotto. Nicht, dass es mich andauernd ins Badezimmer ziehen würde. Ich kann mir ein Leben ohne Badezimmer sehr gut vorstellen. Aber auch ich muss ab und zu mal auf's Klo. Und das steht bei uns zu Hause nun mal im Bad. Wir wohnen etwas beengt und haben dafür keine andere Stelle in unserer Wohnung gefunden. Wenn wir mehr Wohnraum zur Verfügung hätten, dann hätten wir uns ganz sicher so eingerichtet, wie es die Heidelbeere und ihre Eltern gemacht haben. Die haben so viel Platz in ihrem Haus, dass sie sich nicht nur drei Badezimmer, sondern auch noch zwei extra Klozimmer angeschafft haben. Das ist praktisch, denn so kommt man sich nie in die Quere. Die Heidelbeere blickt immer ein bisschen mitleidig auf uns herab, wenn sie davon erzählt. Die allermeisten von uns haben ja nur ein Gemeinschaftsklo im Badezimmer. Wo nicht viel Platz ist, da muss man eben ein bisschen zusammenrücken. Im Haus der Heidelbeere dagegen herrscht kein Platzmangel. Da gibt es sogar begehbare Kleiderschränke. Bei mir kann sie damit aber keinen Eindruck schinden. Im Gegenteil! Ich bin froh, dass wir in unseren Schränken nicht herumlaufen müssen. Ich finde, ein Schrank sollte möglichst klein sein.

Denn je kleiner der Schrank ist, desto besser behält man die Übersicht. Mein Schrank ist da genau richtig. Er hat drei Schubfächer. Eins für die Socken, eins für die Hosen und das dritte ist das Gemischtwarenfach. Da kommt alles rein, was ich sonst noch so zum Anziehen brauche. Außer die Schuhe. Die kommen ins Schuhregal. Wegen des sagenhaften Schmodders, der angeblich immer an ihnen haftet. Behauptet jedenfalls Mama. Ich persönlich glaube ja, dass das total übertrieben ist und wir müssen unsere Schuhe bloß ins Schuhregal stellen, weil wir sonst nichts haben, was wir da reinstellen können. Dürfte ich meine Schuhe im Schrank gleich neben den Socken parken, wäre das viel praktischer für mich, weil ich dann alles sofort beisammen hätte, wenn es mal schnell gehen muss. Eigentlich logisch. Aber da kann ich mir den Mund fusslig reden, Mama versteht das nicht. Sobald ich ihr den Vorschlag unterbreite, verdreht sie die Augen und macht ein finsteres Gesicht.

Dasselbe Gesicht hat sie auch jetzt aufgesetzt, als sie wieder zu uns ins Wohnzimmer zurückkommt. Doch diesmal hat es nichts mit mir zu tun, sondern mit Bernd und Rudi. Die stehen nämlich vor der Tür und nicht der Postbote mit einem neuen Seifenpäckchen.

„Die zwei haben einen Blumenstrauß dabei und wollen dich sprechen, Edgar“, brummelt Mama. Gleich stürzt Stella zur Tür und kommt kurz darauf laut gackernd wieder zurück: „Die haben nicht bloß Blumen dabei sondern – haltet euch fest – auch noch Pralinen!“

Papa zieht die Augenbrauen hoch: „Was ist denn mit deinen Freunden los? Hast du ihnen erzählt, dass du heute Geburtstag hast?“

„Quatsch!“, knurre ich genervt und mache mich schleunigst daran, die Sache aufzuklären.

Im Treppenhaus stauche ich die beiden zusammen.

„Was soll der Blödsinn? Spinnt ihr? Mit so einer affigen Aufmachung bei mir aufzukreuzen? Ihr wisst doch genau, dass hier auch noch meine bekloppte große Schwester wohnt. Wenn ihr keine Einzelkinder wärt, wüsstet ihr, wovon ich rede. Mit meiner Schwester unter einem Dach zu leben ist ungefähr so, als ob man mit einem vierköpfigen feuerspeienden Drachen dieselbe Höhle teilen muss! Dazu ist sie noch die größte Labertasche der ganzen Stadt. Was sie aufschnappt, posaunt sie sofort in alle vier Himmelsrichtung wieder hinaus. Wollt ihr, dass morgen in der Zeitung steht, dass man bei mir Blumen und Pralinen abgeben kann?“

Die zwei reißen die Augen auf, als würde jetzt ein vierköpfiger feuerspeiender Drache vor ihnen stehen und auf vier Posaunen gleichzeitig spielen. Gut so, denke ich erleichtert, jetzt haben sie endlich kapiert, wie schrecklich mein Leben ist. Und dabei habe ich Malte, meinen bekloppten kleinen Bruder, noch gar nicht erwähnt. Doch dann sagt Rudi: „Wenn hier jemand in einer affigen Aufmachung aufkreuzt, dann doch wohl nicht wir.“ Bernd schüttelt den Kopf. „Nö, wir nicht! Das da ist echt nicht zu überbieten.“ Jetzt fällt mir auf, dass die beiden immer auf dieselbe Stelle starren.

„Was glotzt ihr mir denn dauernd auf den Bauch? Habt ihr noch nie eine Krawatte gesehen?“, fauche ich sie wütend an. Bernd sagt: „Doch, aber noch keine mit Donald Duck drauf und erst recht nicht um deinen Hals. Hast du dir das Monster freiwillig umgehängt oder ist das eine Strafe für irgendwas?“

„Große Ereignisse verlangen eben manchmal große Taten!“, knurre ich zurück. „Ich werde demnächst den Nobelpreis für Literatur bekommen. Darum muss ich ab jetzt auch mit Krawatten klarkommen. Oder seid ihr schon mal einem Nobelpreisträger ohne Krawatte begegnet?“

So, nun ist die Katze aus dem Sack. Jetzt wissen auch Rudi und Bernd über meine eigentlich noch geheime Karriere bescheid. Aber egal, bald weiß es sowieso die ganze Welt. Ich muss bloß noch rasch beim Lyrischen Abend auftreten und mich der Öffentlichkeit präsentieren.

Natürlich sind die beiden erst einmal sprachlos. Was aber vollkommen normal ist. Wer von uns kann schon behaupten, dass er mit einem leibhaftigen Nobelpreisträger in dieselbe Klasse geht? Darum wundere ich mich jetzt nicht weiter darüber und warte, bis Rudi und Bernd ihr irrsinniges Glück verdaut haben. In der Zwischenzeit stopfen wir uns die Pralinen in den Mund, die gar nicht so schlecht schmecken. Dabei nuschelt Rudi mit vollen Backen: „Und wir dachten alle, weil du doch heute in der Schule gefehlt hast, du bist wegen dem Lyrischen Abend vor Aufregung krank geworden und liegst mit Lampenfieber im Bett.“

Ich stelle die Sache umgehend klar und erzähle ihnen, dass ich bei Doktor Heilfroh war, und dass er rausgefunden hat, was ich sowieso schon wusste, nämlich, dass ich ein Genie bin.

Bernd nickt und grinst: „Da wird die Heidelbeere aber schön sauer sein, wenn sie erfährt, dass sie nun doch nicht mitmachen kann. Bestimmt hätte sie uns wieder mit irgendeiner ellenlangen Ballade gequält.

Fräulein Lieblich hatte sie nämlich schon als Ersatz für dich eingeteilt. Bloß gut, dass es nun doch nicht dazu kommt. Sag mal, was hast du dir eigentlich für morgen ausgedacht?"

Autsch, verflixt! Das habe ich doch glatt vergessen!, durchzuckt es mich. Ich muss mir ja noch überlegen, was ich aufsagen will! Und zwar bis morgen Abend. Spätestens dann muss ich etwas so Geniales parat haben, dass es alle vom Hocker haut und mich als zukünftigen Literaturnobelpreisträger empfiehlt. Da wird es aber höchste Zeit, dass ich mich an die Arbeit mache!

Eigentlich wollte ich mir jetzt ganz allein und in aller Ruhe Gedanken über mein lyrisches Werk machen, das ich vorzutragen beabsichtigte.

Aber Rudi und Bernd haben dauernd von meiner feuerspeienden Schwester gefaselt, und dass sie mich jetzt um nichts auf der Welt ohne Begleitschutz in die Wohnung zurückgehen lassen könnten. Nun stehen wir drei in meinem Zimmer vorm Spiegel und starren wie hypnotisiert in meinen weit aufgesperrten Mund.

Aber so sehr wir da jetzt auch reinglotzen, es kommt nichts Brauchbares heraus. Kein einziges geniales Wort.

Bernd fuchtelt wieder mit seiner Taschenlampe herum. „Soll ich noch mal deine Gehörgänge abchecken? Du hast gesagt, die Stimme sitzt in deinem linken Ohr, richtig?“ Schon rammt er mir die Lampe ins Ohr.

„Aua, bist du bescheuert? Da ist nichts! In meinen Ohren herrscht Totenstille!“, schimpfe ich wütend. Bernd lässt das kalt.

„Nun halt endlich mal die Klappe und den Kopf still. Wie soll ich denn da etwas sehen?“ Also halte ich die Klappe und den Kopf still und hoffe, dass Bernd sich mit einer kurzen Stichprobe zufrieden gibt. Aber das funktioniert mal wieder nicht. Ich hätte es besser wissen müssen. Zwei Sachen gibt es nämlich, die

Bernd extrem gründlich betreibt. Zum einen, sich mit seinem giftgrünen Stielkamm den Scheitel kämmen. Und zum anderen, mit seiner Taschenlampe unseren Planeten ausleuchten. Ich glaube, bis auf die Tiefsee und ein paar unentdeckte Höhlen hat er schon so gut wie alles damit angestrahlt. Und nun sind meine Ohren wieder dran.

„Alle Achtung“, keucht Bernd, „die Generalreinigung von Doktor Heilfroh hat echt was gebracht. Deine Löffel sehen jetzt viel aufgeräumter aus. Warte mal, da bewegt sich doch was! Ein runder Schatten. Sieht aus wie der Schatten von einem fetten Klumpen Ohrenschmalz.“ Vor Aufregung bohrt mir Bernd die Taschenlampe noch tiefer in den Gehörgang. Mir reicht's. Ich befreie mich aus seinem Zangengriff, bevor mir die Lampe womöglich gleich auf der anderen Seite wieder herauskommt, und knurre: „Quatsch! Du hast einen Knick in der Optik. An deiner Stelle würde ich mal die Lampe überprüfen, anstatt die Ohren anderer Leute zu ramponieren.“

„Ich weiß doch, was ich gesehen habe. Da hat sich etwas bewegt! Ich schwör's“, meckert Bernd stur. Aber von mir aus kann er maulen soviel er will. In diesem Leben lasse ich ihn nicht mehr an meine Ohren. Soviel steht fest.

Währenddessen schaukelt Rudi in meiner Hängematte und zerbricht sich den Kopf darüber, warum mir plötzlich die genialen Worte wieder abhanden gekommen sind. Seiner Theorie nach sind meine Klamotten daran schuld.

„Wenn ich so etwas Grusliges tragen müsste wie du, wäre meine Birne auch wie leergefegt und ich könnte keinen klaren Gedanken mehr fassen“, sagt er grinsend.

Da geht die Tür auf und Mama schiebt ihren Kopf durch den Türspalt.

„Ich wollte bloß mal nach dem Rechten sehn. Bei euch ist es so still im Zimmer, dass wir schon dachten, ihr seid entführt worden. Ich hoffe, ich habe euch jetzt nicht allzu sehr gestört“, murmelt sie und macht ein schuldbewusstes Gesicht. Aber ich durchschaue sie sofort. Ich sehe genau, wie ihr Kontrollblick blitzschnell von einer Ecke zur anderen saust und alles absucht. Mama will sichergehen, dass wir auch wirklich keinen Blödsinn anstellen. Sie hat immer noch nicht kapiert, dass wir keine kleinen Jungs mehr sind und dass sie die Wohnungseinrichtung demzufolge auch nicht mehr vor uns retten muss. Da sollte sie besser Malte auf die Finger schauen. Wegen dem haben wir in diesem Jahr bereits ein verstopftes Klo und einen Grillbären zu beklagen. Mein kleiner bekloppter Bruder hat versucht, seinen nassen Teddy in der Backröhre zu trocknen. Und das Klo hat er mit Isabell, unserer Schildkröte, abgedichtet. Was uns angeht, braucht sich Mama da keine Sorgen zu machen. Wir sind zu so etwas ganz sicher nicht fähig. Doch bevor ich Mama über ihren Irrtum aufklären kann, rumort es plötzlich wieder in meinem linken Ohr und ehe ich mich versehe, plappere ich los:

„Ich hätt' gern ein paar Waden,
schön dick wie paar Rouladen.
Nur habe ich leider keine
Fußballerbeine.
Doch ein Genie, das gibt nie auf –
dann mach' ich eben Stelzenlauf!"

Gerührt wischt sich Mama eine Träne aus den Augen. „Was du für reizende Gedichte kennst. Das wird morgen sicher ein ganz toller Auftritt von dir. Ich bin ja so stolz auf dich", lobt sie mich und schließt leise die Tür.

Ganz anders Rudi und Bernd. Die sind plötzlich stinksauer und beschweren sich, weil ich sie angeblich reingelegt habe. Erst tue ich so, als ob ich keine drei Worte sprechen kann und dann lasse ich plötzlich so ein Hammergedicht vom Stapel. Veralbern können sie sich auch allein, schimpfen sie und ziehen wütend ab. Nicht mal meine feuerspeiende Schwester interessiert sie jetzt noch. Sie zeigen mir einen Vogel und lassen mich einfach sitzen.

Am nächsten Morgen steht als Erstes „Deutsch" auf dem Stundenplan.

Deutsch ist das Lieblingsfach der Heidelbeere. Außerdem noch Mathe, Kunst, Musik, Englisch, Biologie, Physik, Chemie, Geschichte und was uns Schülern sonst noch so zugemutet wird. Die Heidelbeere liebt einfach alles. Ich wette, wenn auf unserem Stundenplan „Jodeln" oder „Erbsen zählen" stehen würde, die Heidelbeere wäre auch darin Klassenbeste. Bloß Sport liegt ihr nicht. Da ist sie eine Null. Wenn es einen Pokal für den unsportlichsten Schüler gäbe, dann hätte die Heidelbeere auch den. Sonst hat sie bisher so ziemlich alle Preise abgeräumt, die man an unserer Schule abräumen kann. „Jahrgangsbeste", „Lesekönig", „Matheass", „Goldenes Kehlchen". Bloß eine Würdigung fehlt noch in ihrer Sammlung: Der Publikumspreis des Lyrischen Abends. Die bedeutendste Auszeichnung, die unsere Schule zu bieten hat. Meint jedenfalls Direktor Kittel. Deshalb kann es die Heidelbeere auch nicht verkraften, dass ich heute auf der Bühne stehen soll und sie nicht. Sie findet, wenn sich jemand so außergewöhnlich bewährt hat wie sie, dann sollte man ihr vortreffliches Potential auch nutzen, anstatt auf eine unerfahrene Niete wie mich zurückzugreifen. Die Nachricht hat mir heute Morgen Meerschweinchen-Klara zugesteckt. Sie musste der Heidelbeere schwören, dass sie mir nichts davon sagt. Deshalb hat sie alles auf einen Zettel geschrieben. Die Niete nehme ich als schwere Beleidigung und in der nächsten Sportstunde werde ich der Heidelbeere beim Zweifelderball ein paar klatschende Treffer verpassen. Dann wollen wir mal sehen, wer hier die Niete ist. Aber ansonsten bin ich jetzt auch total dafür, dass die Heidelbeere das Rennen macht und ich mich aus dem Rampenlicht vorerst wieder zurückziehe. Rudi und Bernd haben mich heute nämlich noch keines Blickes gewürdigt. Kein Wunder, so wie das gestern gelaufen ist. Sie machen sich Gedanken, zermarten sich die Köpfe, um mir aus der Patsche zu helfen – und ich? Rattere plötzlich dieses dämliche Gedicht herunter. Klar, dass sie sich jetzt verschaukelt fühlen. Bestimmt denken sie, der Erfolg ist mir zu Kopf gestiegen und hat aus mir einen eingebildeten Superstar gemacht. Nicht mal mein Titel „zukünftiger Nobelpreisträger" hilft mir jetzt noch. Für meine besten Freunde bin ich über Nacht zu Luft geworden.

Deshalb kommt es mir jetzt sehr gelegen, dass die Heidelbeere sofort nach dem Unterrichtsbimmeln wild mit den Fingern schnippt und etwas sagen will. Nämlich ein Gedicht aufsagen. Ein hinreißendes, lauschiges, zartfühlendes Stück. Die Heidelbeere kündigt es mit den Worten an: „Herzliebstes Mägdelein – ein Minnegesang aus dem Mittelalter von ‚Walter von der Vogelweide'."

Dann legt sie auch schon los und Fräulein Lieblich ist so überrumpelt, dass sie die Heidelbeere einfach weiterreden lässt.

Als sie wieder verstummt, starren sie alle an, als wäre sie gerade selbst aus dem Mittelalter entsprungen. Bloß Fräulein Lieblich lächelt.

„Das war sehr gut, Heidrun-Beatrice. Dein Minnegesang ist wirklich etwas ganz Spezielles. Er wäre eine schöne Bereicherung für unseren Lyrischen Abend", schwärmt sie und die Heidelbeere blickt gleich ganz triumphierend in die Runde. Doch dann seufzt Fräulein Lieblich: „Jammerschade nur, dass wir bloß einen Vertreter aus unserer Klasse entsenden dürfen."

Daraufhin wird der Blick der Heidelbeere gefährlich wässrig. Fräulein Lieblich stoppt die drohende Überschwemmung im Klassenzimmer, indem sie kurzerhand erklärt: „Wir könnten doch abstimmen! Was haltet ihr davon? Die Klasse entscheidet, wer unser Kandidat sein soll. Edgar oder Heidrun-Beatrice. Du bist doch damit einverstanden, Edgar? Selbstverständlich müsstest du uns jetzt auch noch mal einen Beweis deines Könnens abliefern, damit wir einen Vergleich haben.“

Etwas Besseres hätte mir jetzt nicht passieren können. Natürlich bin ich einverstanden. Ich werde aufstehen und schön meinen Mund halten. Dann glauben alle, ich habe Muffensausen bekommen und werde unsere Klasse beim Lyrischen Abend fürchterlich blamieren, wenn sie jetzt für mich stimmen. Dann wird die ganze Klasse die Heidelbeere wählen und ich gelte ab sofort nicht mehr als eingebildet und habe meine Freunde wieder zurück. Ich kann mein unverhofftes Glück kaum fassen.

Normalerweise hüpfe ich in so einem Moment immer wie ein Gummiball durch die Gegend. Weil mir die Freude Sprungfedern in die Beine hext. Doch diesmal darf mir das nicht passieren. Auf keinen Fall! Sonst ist mein schöner Plan futsch. Darum stemme ich mich jetzt hoch, kneife meine Augen fest zusammen und stelle mir vor, ich bin bis zu den Knien in einem Sumpf versackt. Es dauert nicht lange und meine Beine fühlen sich echt an, als würden sie feststecken. Ich spüre sie kaum noch. Es ist, als wären sie betäubt. Auch die Klasse guckt jetzt ganz benommen. Ich kann es durch meine Wimpern erkennen, während ich für einen Moment in die Runde blinzle. Offenbar habe ich übersinnliche Kräfte und bin auch im Hypnotisieren ein Genie. Alle hängen mir jetzt wie gebannt an den Lippen. Aber da kommt nichts raus. Da könnte ihr lange warten, denke ich und presse die Lippen zu einem Strich zusammen. Doch mit einemmal meldet sich wieder dieses nervige Kichern. Und schon merke ich, wie meine Lippen zu zucken beginnen und sich Wörter hervordrängeln, die ich eigentlich gar nicht sagen will:

„Auf 'nem Berg in tiefem Tale
schlafen hellwach sieben kahle
langbehaarte Wackeldackel.

Tuen ihre Vorderrücken
gegen runde Ecken drücken,
schnarchen stumm im Strahl 'ner Fackel.

Liegen stehend, machen Pause
von 'ner wilden Schlummersause,
eingerollt, lang hingestreckt.

Reglos tanzen sonnig Schatten
über ihren Hängematten,
weithin sichtbar gut versteckt.

In der Ferne dicht daneben
kullern in den Spinngeweben
Hundeflöhe, klein wie Kühe.

Machen von der Schlummersause
ihrerseits 'ne Pinkelpause,
strullern Bio-Gemüsebrühe.

Tun das, weil es nur dann geht,
wenn die Wohnung stille steht,
raunen noch ein Dankgebet.

Wenn du's nicht glaubst, mach kein Geschrei,
tu hier nicht rebellieren,
verschling' ein roh gekochtes Ei,
dann wirst du's schon kapieren."

Alle klatschen wie verrückt. Bis auf drei Personen: Rudi, Bernd und die Heidelbeere.

Zum Glück bimmelt jetzt die Pausenglocke und bereitet dem Spuk vorerst ein Ende.

Die Abstimmung wird nach dem Mittagessen stattfinden. Bis dahin soll sich jeder überlegen, wem er seine Stimme geben will, verkündet uns Fräulein Lieblich und wir trotten zum Mittagessen in die Aula.

In der Aula wird gegessen was auf den Tisch kommt. Und es wird abgegessen! Darüber wacht unser Küchenbulle Frau Aufessen. Sie ist sehr streng und lässt sich auf keine Diskussionen ein. Und sie ist eine Marketingexpertin. Papa sagt, Marketing ist, wenn einem etwas schmackhaft gemacht wird, was eigentlich gar nicht schmeckt. Niemand beherrscht das so gut wie Frau Aufessen. Ihre Aufgabe besteht darin, an uns Schüler das Essen auszuteilen und darauf zu achten, dass es dort ankommt, wo es hin soll – nämlich in unsere Mägen. Das sind an für sich schon zwei sehr anspruchsvolle Vorhaben, wenn man bedenkt, dass unser Schulessen nicht für Schüler gemacht ist, sonst gäbe es immer Pommes frites mit Currywurst und Spaghetti Bolognese und zum Nachtisch Pudding oder Eis. Stattdessen gibt es so ungenießbare Speisen wie Leberragout oder Mohrrübeneintopf und hinterher Naturjoghurt mit sauren Apfelstückchen.

Heute hat Frau Aufessen zusätzlich noch eine dritte Aufgabe übernommen. Sie will zum Gelingen des Lyrischen Abends auch einen Beitrag leisten und unsere Stimmung schon zu Mittag mit Eierkuchen und Apfelmus aufhellen.

Obwohl es also heute in der Essenausgabe sensationell nach Eierkuchen riecht, habe ich überhaupt keinen Hunger. Die Geisterstimme in meinem Ohr hat mir den Appetit gründlich verdorben. An jedem anderen Tag hätte ich mich dreimal wegen Nachschlag angestellt. Heute könnte auch ein Kuhfladen auf meinem Teller liegen, mir wäre es egal. Oh man, wenn ich bloß wüsste, was mit mir los ist. Wieder so ein Hammergedicht eben, und ich habe null Ahnung, wo es herkommt. Aus meinem Mund, ja natürlich. Oder besser gesagt, aus meinem linken Ohr. Eine Stimme flüstert mir etwas zu und ich quake es dann ohne nachzudenken wie ein Dummfrosch nach. Wenn es wirklich stimmt, dass Genie und Wahnsinn dicht beieinander liegen, dann wäre es schön, wenn mein Genie ein bisschen mehr Abstand halten könnte. Ich habe keine Lust, mich ständig von meiner bekloppten Hälfte überrumpeln zu lassen.

Zu allem Ärger steht jetzt plötzlich auch noch die Heidelbeere hinter mir in der Reihe und schmettert mir laut entgegen:

„Larifari, Kinkerlitzchen,
Kokolores, Firlefanz,

Humbug, Schnickschnack, Hokuspokus,
der Kater beißt sich in den Schwanz.

Mumpitz, Blödel, Krimskrams, Plunder
Heckmeck, Fez, Papperlapapp,
Klimbim, Krempel, Blabla, Schmarren,
ich lach mich schlapp, denn du bist ab."

Da macht sie sich aber jetzt schön zum Affen. Gleich werden alle losbrüllen und ihr einen Vogel zeigen, denke ich im ersten Moment und kann mir ein schadenfrohes Grinsen nicht verkneifen. Aber die Heidelbeere scheint das nicht weiter zu kümmern. Sie starrt mich herausfordernd an und hat im nächsten Moment schon den nächsten Spruch auf Lager:

„Piepeln, pupeln, popeln,
am Montag geh'n wir hobeln.
Popeln, pupeln, piepeln,
am Dienstag woll'n wir dübeln.
Piepeln, popeln, pupeln,
am Mittwoch lasst uns jubeln.
Denn ab Donnerstag – eins, zwei, drei,
haben wir bis Sonntag frei.
Das wird schön und du musst geh'n!"

Jetzt fange ich an, zu kapieren. Die Heidelbeere ist auf Stimmenfang! Sie macht Werbung für sich. Sie versucht, die anderen davon zu überzeugen, dass sie für den Lyrischen Abend der Hauptgewinn ist und ich die Niete bin. Das ist eine unverhoffte zweite

Chance für mich! Jetzt bloß nichts sagen! Glotzaugen machen wie ein Frosch und stumm bleiben wie ein Fisch. Wenn ich das hinkriege, wählen doch noch alle die Heidelbeere und alles wird gut, frohlocke ich insgeheim. Doch wieder mal habe ich mich zu früh gefreut. Die Glotzaugen bekomme ich zwar super hin, aber meine Klappe halten funktioniert auch diesmal nicht. Die Stimme in meinem Ohr kommandiert und ich platze hervor:

„Erbitte dringend eine Spende
für meine Lieblingsquietscheente,
sie ist ein cooles Federvieh,
trägt Flipflops und fährt Wasserski.

Sie hätt' sehr gern noch eine große
ausgebeulte Pluderhose,
mit Gummizug und runden Taschen,
die Bügelfalten vorgewaschen.

Die darf kariert sein, auch schrill bunt,
mit Karabinerhaken und

Propeller und 'ner Hupe dran,
bloß langes Beinkleid kommt nicht an.

Dann ist's vorbei mit Cool & Fun,
sie ist ja kein Zweimetermann,
sondern meine Lieblingsquietscheente,
für die ich bitte, um eine Spende."

Die Heidelbeere guckt verblüfft und die Klasse tobt. Aber der Schock der Heidelbeere hält nur kurz an.

„Faltbootbootsfaltenentfalter!“, zischt sie giftig zurück. Ich antworte prompt:

„Plastepopelpolierpaste!“

„Briefgeheimnisgeheimbriefkasten!“, fordert mich die Heidelbeere erneut heraus. Keine Ahnung wieso, aber auch diesmal finde ich die passende Antwort und sage:

„Furunkelunkenspelunkendunkel!“

Mit jedem Wort, das wir uns jetzt zuwerfen, wird der Beifall um uns herum heftiger.

Bis die Heidelbeere ruft: „Bürstenborstenfusselpflegebürstenfusselborsten-Set!“

Das ist ein echtes Hammer-XXL-Wort. Wenn es jemand verdient hat, unsere Klasse am Lyrischen Abend zu vertreten, dann doch wohl die Heidelbeere. Dem Beifall nach zu urteilen, der gerade in der Aula losbricht, denken jetzt wohl alle so. Aber die verflixte Stimme in meinem Ohr denkt anders und macht mir einen Strich durch die Rechnung.

Denn was jetzt aus meinem Mund kommt, ist der Oberkracher. Dagegen ist das 49-Buchstaben-Wort der Heidelbeere ein Witz. Bei mir kommt glatt ein 1000-Buchstaben-Bandwurmwort hervorgekrochen. Und das geht so:
„Eh Leute, hat vielleicht jemand von euch meinen

Frühsommersonnenabendspätsonnensommerlich tblitzschutzbrillenputztuchfusselbürstenaufbew ahrungsboxenregalwandabstandshaltergummipf legebalsamspenderabtropfauffangschalenunterl agenzuschneidemaschinendiamantmesserklinge nhochleistungsschleifsteintaschenspritzschutzü berzugsschnelltrocknerverlängerungskabeltrom melwerkzeugschrankeinlegebodenpolierpasten

dosendeckelaufkleberspezialfarbenradiergummi behälterklebstoffanrührpulverplastiktütenschw eissgerätekofferzahlenschlosskombinationsmer kzettelpinwandanstecknadelschachtelschaumst offpolsterkissenprofischwammtuchgebrauchsanleitungshandzettelklarsichthüllenknautschfaltenbügeleisenabstellmattenrutschsicherheitsklebebandabrollaufsteckgerätehaubenbolzenpanzerschrankbrandschutztürenfeuermeldersirenenalarmohrenstöpselreinigungspinselborstenzählgeräteantiquietschspraymilchglasflaschenminikronkorkenverschlussöffnersilberglanztinkturwattetupferpflegebällchenkehrmaschinensaugrüsselschlauchlochspezialreparaturklebestöpselpostpaketzustellbenachrichtigungsschein gesehen?"

Danach benehmen sich alle so, als hätte Direktor Kittel soeben verkündet, dass die Schule abgeschafft wird. Die Heidelbeere kriegt keinen Ton mehr raus und die Klasse brüllt vor Begeisterung. Wahrscheinlich hätten mich gleich noch alle auf den Schultern durchs Schulhaus getragen, wenn nicht plötzlich Meerschweinchen-Klara in der Aula aufgetaucht wäre.

„Guckt mal, wen ich hier habe", keucht sie mit strahlenden Augen und öffnet vorsichtig ihre Faust. Auf ihrer Handfläche sitzt ein grüner Frosch und glotzt uns an. Wir glotzen zurück und der Frosch bekommt einen Schreck und schnellt mit einem Riesensatz auf die Theke der Essenausgabe. Dort landet er erst im Besteckkasten, hüpft von da auf die gestapelten Eierkuchen und hat jetzt genau zwei Möglichkeiten zur weiteren Flucht. Auf der einen Seite stehen wir Schüler, eine Wand aus Glotzaugen. Auf der anderen Seite steht unser Küchenbulle, Frau Aufessen. Der Frosch entscheidet sich für das größere Übel. Er springt zu Frau Aufessen hin. Genauer gesagt, auf ihr Dekolleté. Mit einem mächtigen Hüpfer landet er mitten auf ihrem großen Busen und bleibt dort reglos sitzen. Wenn er jetzt nicht „Quak“ gesagt hätte, hätte man auch denken können, er wäre bloß eine Brosche, die sich Frau Aufessen angeheftet hat. Aber der Frosch quakt und Frau Aufessen zeigt uns sogleich, wie sie den quakenden Frosch auf ihrem Dekolleté findet: nämlich lebensbedrohlich.

Sie schrillt los wie eine Sirene. Dann lässt sie den Eierkuchenwender fallen und rast aus der Küche.

Nun ist das Fröschlein bedroht. Es krallt sich an den Busen von Frau Aufessen und wird mächtig auf und ab geschüttelt. Dabei guckt es nicht besonders fröhlich. Wahrscheinlich ist ihm übel. Aber so genau kann man das bei Fröschen leider nie sagen. Die meisten von ihnen sind ja schon von Natur aus grau oder grün und man kann deswegen schlecht erkennen, ob mit ihnen noch alles in Ordnung ist oder sie sich gleich übergeben müssen. Wenigstens kotzt das Fröschlein jetzt nicht auf das Dekolleté von Frau Aufessen. Stattdessen legt es den Rückwärtsgang ein und spring wieder ab. Scheinbar hat es nun aber total die Orientierung verloren, denn es landet mitten in der Schale mit dem Apfelmus. Das Apfelmus spritzt nach allen Seiten hoch und wir springen schreiend beiseite. Das Fröschlein lässt sich von unserer Panik anstecken und hüpft uns hinterher. Doch mit einemmal ist es wie vom Erdboden verschluckt. Die klebrige Apfelmusspur reicht bis zum Rand der Theke, dann ist sie verschwunden und taucht nicht wieder auf.

Meerschweinchen-Klara macht ein Gesicht, als würde sie gleich losheulen. Wahrscheinlich wollte sie dem Fröschlein unsere Schule zeigen und hat es mit dem Versprechen hierher gelockt, dass ihm schon nichts passieren wird. Dasselbe hat sie auch schon mit ihren Meerschweinchen, dem Hund vom Nachbarn und einem Maulwurf gemacht, den sie im Park aufgesammelt hat. Meerschweinchen-Klara ist total vernarrt in Tiere. Alles was nicht aufrecht geht und sich bewegt, überwältigt sie und schleppt es dann hierher.

Manchmal ist das echt stressig. Besonders wenn sie mit Kleinkram wie Regenwürmer oder Spinnen ankommt. Da kann es schnell passieren, dass plötzlich nicht mehr alle Tiere vollzählig in ihrer Schachtel versammelt sind. Im nächsten Moment stehen die Mädchen kreischend auf den Tischen und drohen uns Jungs, dass sie uns nie wieder etwas vorsagen, wenn wir jetzt nicht sofort die ausgebüxten Viecher wieder einfangen. Tot oder lebendig! Ich finde, das ist Erpressung und kriminell und wir sollten uns das nicht länger bieten lassen. Aber die meisten Jungs meinen dasselbe wie Hannibal. Und Hannibal sagt, eine Schulstunde ohne Vorsagen wäre wie Kino ohne Popcorn – ein Skandal! Und wir sollen uns wegen den paar Wanzen und Würmern nicht gleich ins Hemd machen. Wir sollen uns viel lieber darüber freuen, dass Meerschweinchen-Klara keinen Bauernhof in ihrer Nachbarschaft hat. Sonst würden sich hier längst Kuherden und Schweinerotten in den Gängen herumtreiben. Dann könnten wir auf dem Fußboden noch viel unangenehmere Dinge vorfinden und müssten statt in einem Schulhaus in einem Scheißhaus lernen. Deshalb helfen ihr jetzt auch fast alle Jungs bei der Froschsuche. Damit Klara nicht aus Verzweiflung auf die Idee kommt, in Zukunft bloß noch große Tiere mitzubringen, weil die kleinen immer so schnell verschwinden.

Währenddessen stehen die Mädchen natürlich wieder kreischend auf den Tischen. Plötzlich quakt der Papierkorb. Mit einem Sprung ist Klara zur Stelle, schnappt sich den Behälter und rast aus der Aula, als ob es brennen würde. Und auf einmal ruft Pfannkuchen-Rosi: „Feueralarm! Die Küche brennt!" Tatsächlich wabert jetzt bedrohlich eine schwarze Qualmwolke aus der Küche und macht sich in der Aula breit. Im nächsten Moment können wir erleben, dass unsere Feuerlöschanlage nicht umsonst jedes Jahr einmal gewartet wird. Sie funktioniert prima. Wie bei einer voll aufgedrehten Brause schießt das Wasser von oben herab und flutet die Aula.

In Nullkommanix sind wir komplett durchgeweicht. So ungefähr muss es sich anfühlen, wenn man durch die Niagarafälle spaziert.

Ausgerechnet jetzt meldet sich auch noch die Stimme in meinem linken Ohr zurück. Ich solle gefälligst nicht so blöde herumstehen, sondern endlich meinen Hintern aus der Sintflut bewegen, kreischt sie. Und dass ihr das Wasser schon bis zum Hals steht.

„Wenn du so genau weißt, wie ich hier wieder rauskomme, dann zeige es mir doch, du Schlaumeier. Ich sehe nämlich bloß noch Wasser“, zische ich zurück und bekomme prompt eine Wegbeschreibung: „Fünf Schritt vor! Arschbacken nach rechts! Noch mal sieben Schritt weiter, dann Arschbacken nach links!“

Gleich darauf stehe ich vor dem Ausgang und bin gerettet. Ob ich mich dafür bei der Stimme bedanken sollte? Vielleicht, aber vorher muss ich noch etwas anderes tun, denn die Megadusche in der Aula ist ein echter Notfall. Und für Notfälle haben wir hier Sprechanlagen, die mit der Notrufzentrale verbunden sind. So hat es uns Fräulein Lieblich erklärt und eigentlich klang es kinderleicht. Man braucht bloß den roten Knopf zu drücken und einen Notruf abzugeben, und schon ist die Feuerwehr unterwegs oder der Katastrophenschutz oder irgendeine andere Superheldensondereinheit und rettet uns.

Also drücke ich den Knopf und melde vorschriftsmäßig: „Hallo, hier spricht Edgar. Unsere Feuerlöschanlage flutet gerade die Schule!“

Daraufhin fragt jemand aus der Sprechanlage zurück: „Welche Schule meinst du denn?“ Und ich antworte nicht ganz so vorschriftsmäßig:

„Der Frosch macht Quak
die Mücke Summ,
ich bin verschwiegen
und bleib' stumm.“

Dass sich damit meine Dankesrede an diese verquasselte Stimme sofort wieder erledigt hat ist klar, oder?

Nach der spektakulären Flut ist der Lyrische Abend für dieses Jahr abgeblasen.

Hausmeister Schlüsselbund sagt, die Aula muss von oben bis unten renoviert werden und sowas dauert. Wie lange es dauert, hat er nicht gesagt. Aber alle in der Klasse hoffen, dass ein paar Jahre zusammenkommen mögen. Denn seit die Küche ausfällt, rollt nun jeden Tag eine mobile Imbissbude auf unseren Schulhof. Da gibt es zahlreiche Delikatessen – wie Brathähnchen, Pommes frites, Eis oder Pizza.

Bei Frau Aufessen gibt es sonst fast immer irgendwas mit Möhren. Möhreneintopf, gedünstete Möhren, geraspelte Möhren, Möhren-Quark-Auflauf, Möhrenfrikadellen, Möhren-Blumenkohl-Bratlinge. Sie schwört auf die Kraft der Möhre und ist der Meinung, dass wir Schüler davon nicht genug bekommen können. Wir Schüler schwören auf die Kraft der Pommes frites und sind der Meinung, dass wir davon nicht genug bekommen. Leider muss sich Frau Aufessen nicht um unsere Meinung kümmern. Weil sie ja in der Schulhackordnung über uns steht. Deshalb müssen wir Schüler uns um die Meinung von Frau Aufessen kümmern und das tun, was sie uns aufträgt. Ihr Auftrag lautet mindestens dreimal pro Woche: Möhren essen! Aber damit ist es jetzt erst einmal vorbei und das freut uns mächtig. Die Einzige, die sich nicht darüber freut, ist wieder mal die Heidelbeere. Die hätte lieber gern ganz schnell die Aula zurück. Damit wieder ein Lyrischer Abend stattfindet und sie dort glänzen kann.

Aber wie es aussieht, muss sie da noch eine Weile drauf warten. Die Aula sieht noch nicht aus, als würde sie kommende Woche wieder öffnen. Dabei wird sie nun schon über ein Jahr renoviert. Hausmeister Schlüsselbund hatte Recht: Sowas dauert.

Neulich hat unsere Klasse auf dem Schulhof mit Cola und alkoholfreiem Sekt gefeiert und auf das nächste Jahr ohne Möhren und Lyrischem Abend angestoßen. Bernd hat sein Glas erhoben und gesagt, so eine Imbissbude ist ein großer Schritt hin zu einer schülerfreundlichen Schule und es wäre begrüßenswert, wenn in Zukunft auf jedem Schulhof so eine Bude stehen würde. Und Pfannkuchen-Rosi hat ergänzt, dass es eine Schande ist, dass immer noch mehr Wert auf überflüssige Schulturnhallen gelegt wird, anstatt auf eine vernünftige Pausenverpflegung. Und dann hat sie noch einen Eiswagen, eine Pfannkuchenbude und einen Zuckerwattestand eingefordert. Dafür hat sie eine Menge Beifall bekommen.

Außer von der Heidelbeere. Die hat doch ernsthaft behauptet, Möhren sind gesund und halten fit. Woraufhin Hannibal gelästert hat, das könne man ja auch prima an ihr sehen. Nämlich, wenn sie beim Ausdauerlauf wie eine lahme Ente über die Laufbahn watschelt.

Leider ist die Imbissbude bisher der einzige Lichtblick in meinem Leben. Jedenfalls, seit mir dieses Quasselmonster im Ohr sitzt. Dass es ein Quasselmonster ist, habe ich im Internet recherchiert. Ich habe in die Suchmaschine eingegeben: Vorlaute Stimme mit Augen, Beinen und groß wie ein Klumpen Ohrenschmalz. Und als Antwort kam prompt: Gratuliere, Quasselmonsterbefall! Passiert häufig nach heftigem unkontrolliertem Wedeln von Druckerzeugnissen. Du hast die Platin-Arschkarte gezogen, mein Freund, und noch viele weitere Arschkarten werden folgen!

Der „Nobelpreis für die größte Arschkartensammlung“ ist dir sicher!

Und genauso ist es auch gekommen. Seit das Quasselmonster in meinem Ohr sitzt, kriege ich eine Arschkarte nach der anderen verpasst. Keine Ahnung, ob das jetzt überhaupt irgendwen interessiert. Aber weil ich ja gerade nichts Besseres zu tun habe und mir das Rumliegen allmählich auf die Nerven geht, erzähle ich den Teil des Trauerspiels jetzt einfach mal auch noch. Also, welche Arschkarten ich schon gesammelt habe und wie ich dazu gekommen bin. So habe ich wenigstens ein bisschen Ablenkung und muss mich nicht dauernd über meine bekloppten Geschwister ärgern, denen ich den ganzen Blödsinn hier zu verdanken habe.

Arschkarte Nummer 1

Wie ich ja bereits erwähnte, ist heute der vierte Advent und ich liege gefesselt und geknebelt in meinem Bett. Wer jetzt glaubt, ich könnte mir nichts Besseres vorstellen, als am vierten Advent gefesselt und geknebelt im Bett zu liegen, der ist mächtig auf dem Holzweg. Natürlich stammt die durchgeknallte Idee nicht von mir. Ich bin bloß für die genialen Ideen zuständig. Für bekloppte Geistesblitze wie den hier, sind ausschließlich meine bekloppten Geschwister verantwortlich. Und der Grund für diesen idiotischen Einfall hat sich genau heute vor einem Jahr zugetragen.

Wie immer am vierten Advent, schlendere ich da noch als freies unbescholtenes Genie mit meiner Familie über den Weihnachtsmarkt. Das tun wir immer auf die gleiche Weise. Mama und Papa stürmen vornweg, auf der Suche nach dem Weihnachtsmann. Dahinter patscht mein kleiner Bruder Malte durch die Schneematschpfützen. Papa hat ihn mit einer XXL-Portion Zuckerwatte ruhiggestellt, damit er nicht dauernd nach dem Weihnachtsmann quengelt. Als nächstes folgt meine große Schwester Stella mit ihrem Handy. Das Handy scheint an ihrem Ohr festgefroren zu sein. Jedenfalls hat sie es seit zwanzig Minuten nicht mehr heruntergenommen. Zum Schluss komme ich. Natürlich mit angemessenem Abstand, damit niemand ernsthaft auf die Idee kommt, ich könnte womöglich zu dieser Familie gehören.

Ich weiß nicht, wie es Malte jedes Mal schafft, sich die Zuckerwatte bis zu den Ohren über den Kopf zu stülpen und trotzdem noch vor allen anderen den Weihnachtsmann zu entdecken.

„Weihnachtsmann! Hier bin ich. Ich will Geschenke!“, kräht er plötzlich los, lässt die Zuckerwatte fallen und stürmt vorwärts. Wer nicht rechtzeitig zur Seite springt ist verloren. Entweder wird man umgewalzt oder eine Schneematschfontäne klebt einem im nächsten Moment im Gesicht. Sobald mein kleiner Bruder den Weihnachtsmann erspäht hat, wird er zum Bulldozer. Dann hält ihn nichts mehr auf.

„Weißt du, was ich mir wünsche, Weihnachtsmann?“, plärrt er so laut, dass es auch gleich noch alle anderen Weihnachtsmarktbesucher mitbekommen. „Ich will einen ferngesteuerten Hubschrauber, ein Trampolin, einen elektrischen Bagger, eine Playstation, eine Fliegenklatsche, einen Spiderman-Anzug, eine Tüte Lollys, eine Taucherbrille mit Schnorchel, ein Reitkamel, ein Draculagebiss, eine Ritterburg, eine Diesellok und eine Geisterbahn!“

„Ein Wunder, dass er nicht auch noch einen Flugzeugträger will oder den Mond“, höre ich Stella in ihr Handy kichern. Und da hat sie ausnahmsweise mal Recht. Bescheidenheit ist nicht gerade die Stärke meines kleinen Bruders. Wenn es zum Beispiel Eierkuchen bei uns zu Hause gibt, stopft er zuerst sich damit voll und wenn niemand hinschaut auch noch heimlich seine Hosentaschen. Wir müssen immer sehr wachsam sein und jedes Mal nach dem Essen seine Hosentaschen kontrollieren. Einmal haben wir es vergessen. Da hat Mama einen Schreikrampf gekriegt. Weil Malte Indianer auf dem Kriegspfad gespielt hat und mit heraushängenden Eierkuchen über den Wohnzimmerteppich gerobbt ist. Aber sonst darf Malte so ziemlich alles, was Stella und ich nicht dürfen.

„Er ist doch noch unser kleines Schätzchen. Da dürfen wir nicht so streng mit ihm sein. Er muss erst noch lernen, was falsch ist und was richtig. Als ihr so kleine Schätzchen wart, war das nicht anders", nimmt Mama ihn immer in Schutz. Aber das stimmt nicht. Ich habe weder Papas Säulenkaktus glatt rasiert, noch bin ich auf die Idee gekommen, die Fische in unserem Aquarium mit einem Sack Mohrrüben zu füttern. So bekloppt war ich nie!

Das kleine Schätzchen hat sich mittlerweile durch die Menge der wartenden Kinder nach vorn gewühlt und steht nun Auge in Auge dem Weihnachtsmann gegenüber.

„Gibst du es mir gleich alles mit? Ich brauche auch noch einen Malkasten, einen Feuerwehrhelm, einen Fahrstuhl für mein Baumhaus, eine Tarnkappe, eine Wasserrutsche, einen Doppelstockbus, eine ..."

„Ho, ho", unterbricht ihn da der Weihnachtsmann, „so viele Sachen soll ich dir bringen? Da hast du mir ja ordentlich Arbeit aufgegeben. Aber bevor ich damit beginne, muss ich erst einmal wissen, ob du auch immer brav warst?" Natürlich nickt Malte jetzt. Und ich wette, er glaubt das auch wirklich. Schade, dass der Weihnachtsmann nicht mich danach gefragt hat.

Dann hätte ich ihn jetzt darüber aufgeklärt, was für eine Mogelpackung er da wirklich vor sich hat. So aber sagt der Weihnachtsmann: „Schön, schön. Und jetzt musst du dem Weihnachtsmann noch etwas vortragen.“ Mein kleiner Bruder presst die Lippen zu einem Strich zusammen und bekommt eine Trotzfalte über der Nase. Die kriegt er immer, wenn ihm etwas nicht passt.

„Weißt du denn kein schönes Lied oder ein Gedicht für mich?“, fragt der Weihnachtsmann freundlich. Das kleine Schätzchen bekommt einen roten Kopf und kräht wütend: „Ich will kein Lied. Ich will Geschenke! Ich habe zuerst gefragt!“

„Gleich wird er sich hinwerfen und mit den Fäusten den Boden bearbeiten. Das wird ein Spaß“, höre ich Stella wieder in ihr Handy kichern. Aber dann kommt Mama und verdirbt alles.

„Unser armer Kleiner hat leider gerade eine schlimme Angina überstanden. Er darf noch nicht so viel reden. Wenn du einverstanden bist, wird das sein großer Bruder für ihn übernehmen, lieber Weihnachtsmann. Der ist nämlich ein Genie im Vortragen. Und mit Weihnachtsgedichten kennt er sich besonders gut aus. Die sind eine wahre Leidenschaft von ihm“, sagt sie. Und dann winkt sie mir wild zu und ruft: „Edgar, komm doch mal her und sag dem Weihnachtsmann ein Gedicht auf.“ Meine bekloppte Schwester prustet laut los und bekommt tatsächlich ihr Handy vom Ohr, obwohl es eigentlich längst daran festgefroren sein müsste. Sie schaltet die Kamera ein und zielt auf mich. Na toll, gleich werden überall in der Stadt oberpeinliche Bilder die Runde machen und mich zur größten Lachnummer im ganzen Universum abstempeln.

Deprimiert schlurfe ich meinem sicheren Untergang entgegen. Mama ist ebenfalls voller Sorge. Aber nicht wegen mir. Ihr Blick ist auf Malte gerichtet. Bei dem ist die Trotzfalte gefährlich angewachsen und sein Gesicht leuchtet in einem explosiven Rot. Bombe, denke ich. Gleich wird er hochgehen. Mama denkt wohl dasselbe und zischt mir zu: „Nun mach schon! Der Weihnachtsmann hat nicht den ganzen Tag Zeit. Sag endlich etwas auf!“

Eigentlich wollte ich jetzt nur sagen: Lieber guter Weihnachtsmann, schau mich nicht so blöde an, stecke deine Rute ein, ich will auch immer artig sein. Das ist, soviel ich weiß, der Klassiker unter den Weihnachtsgedichten. Damit kommt man problemlos durch jede weihnachtliche Sprechprüfung und vor allem ist das Gedicht schön kurz. Doch da schlägt das Quasselmonster wieder zu und ich plappere stattdessen:

„Ein Pustelschwein wollt schöner sein
als alle Pustelschweine.
„Ich find' die Pusteln widerlich
sie machen dicke Beine!“

So klagte es und lief alsdann
zum Schweinepustelkiller
„Ich komm' mir vor wie der Star
in 'nem Streuselkuchen-Thriller.

Dabei bin ich die Schönheit pur,
mit meiner Ideal-Figur.
Die fiesen Pusteln sind doch nur
ein dummer Patzer der Natur.“

Der Meister mixte 'ne Tinktur
und sagte: „Davon nehme nur

'nen winz'gen Tropfen vorm Schlafengeh'n.
Sonst wirst du bald kein Schwein mehr sehn."

„Kein Schwein mehr seh'n? – Was soll der Scheiß?
Ich bin ein Schwein und zum Beweis,
dass es so ist und bleibt – gut, bitte sehr
sauf ich jetzt diese Pulle leer."

– Schrie es empört und kippte munter,
den Trank in einem Zuge runter.

Dann gab's 'nen Knall, das Schwein verschwand,
die Flasche krachte an die Wand,
und drüber an der Zimmerdecke,
kroch plötzlich eine Warzenschnecke."

Falls es einen Nobelpreis für das dickste Minuspunktekonto gibt, dann habe ich den nun auch sicher. Der Weihnachtsmann dreht sich um und geht wortlos davon. Malte schmeißt sich auf den Boden und verprügelt schreiend das Straßenpflaster. Mama und Papa werfen mir vernichtende Blicke zu. Und die Leute ringsum starren mich so seltsam an, als hätte ich mich soeben selber in eine Warzenschnecke verwandelt. Bloß Stella hat noch richtig gute Laune. Sie kriegt kaum noch Luft, so sehr lacht sie. Ach was, lachen ist noch weit untertrieben. Sie zerplatzt fast vor Vergnügen. Leider tut sie mir nicht den Gefallen, sondern wedelt mit ihrem Handy und lästert: „Du warst toll. Hab's schon weitergeleitet, damit alle erfahren, was für ein genialer Komiker mein Bruder ist. Hast du schon an Autogrammkarten gedacht,

Blödmann? Jetzt hast du bestimmt eine Menge Fans!"
Na super, meine skrupellose Schwester hat es also tatsächlich getan. Sie hat meinen peinlichen Auftritt gefilmt und ihn an alle Deppen und Schwachstromhirne geschickt, die in ihrem Adressbuch gelistet sind.

Und davon gibt es massenhaft. Unser Telefonbuch ist ein Witz gegen dieses Adressbuch. Ich habe Stella mal dabei beobachtet, wie sie in ihren Kontakten gesucht hat – kein Scherz, sie hat zwanzig Minuten in eine Richtung gescrollt und war immer noch nicht durch.

Eigentlich ist es jetzt überflüssig, zu erwähnen, dass nach der Katastrophe die Wohlfühltemperatur bei uns zu Hause unter Null gesunken ist. Malte hat sich in seinem Zimmer verbarrikadiert und will nie wieder rauskommen. Papa und ich sitzen vorm Fernseher und starren düster in die Mattscheibe. Und Mama reagiert sich in der Küche ab. Sie klopft die Schnitzel für das Abendessen breit. Es klingt, als würde sie Felsgestein zertrümmern. Keinem von uns ist mehr zum Lachen zumute. Außer Stella. Die nervt immer noch. Das Kichern aus ihrem Zimmer ist nicht zu überhören. Was jedoch kein Wunder ist, meine bekloppte Schwester tut ja gerade das, was sie am liebsten tut: Sie quasselt in ihr Handy. Nachdem sie nun den peinlichen Videoclip von meinem Weihnachtsmarktauftritt an alle ihre Bekannten verschickt hat, ruft sie jetzt jede einzelne Adresse noch mal persönlich an, um sicherzugehen, dass die Neuigkeit auch wirklich dort angekommen ist. Meine sowieso schon miese Stimmung rutscht mit jedem neuen Lachanfall von ihr weiter in den Keller. Wie heißt es gleich noch mal: Reden ist Silber, Schweigen ist Gold. Das Sprichwort hat zwar nicht immer recht. Wenn man es beispielsweise bei einer mündlichen Leistungskontrolle anwendet, ist es großer Mist. Aber auf Stella trifft es hundertprozentig zu. Wenn sie doch einfach mal ihre Klappe halten würde. Dann wäre die Welt viel weniger grausam und mir würde es deutlich besser gehen.

Moment mal! Reden ist Silber, Schweigen ist Gold… Wieso bin ich da nicht schon früher drauf gekommen! Nicht Stella, sondern ich muss Schweigen! Das ist doch die Lösung für mein Quasselmonsterproblem! Wenn ich nichts sage, kann ich auch nichts Falsches sagen. Ich muss ganz einfach bloß meine Klappe halten und das Quasselmonster hat ausgequasselt. Kein Wort wird ab sofort mehr über meine Lippen kommen, gelobe ich feierlich.

Da bimmelt plötzlich unser Telefon. Papa ist mittlerweile eingeschlafen und schnarcht. Das kann er in allen Tonlagen und dazu mächtig laut. Heute klingt es, als hätte sich auf unserem Sofa eine Rotte Wildschweine niedergelassen. Wenn nicht längst schon alle Nobelpreise für mich reserviert wären, dann wäre Papa der Nobelpreis für spektakuläres Schnarchen jetzt sicher. Mama ärgert sich immer, wenn er schnarcht. Sie findet es störend und nicht besonders nett den anderen gegenüber. Ich persönlich habe aber kein Problem damit. Ich weiß ja, warum Papa das macht. Aus Überzeugung nämlich. Er hat mir mal gesagt: „Edgar, wenn man etwas anpackt, dann muss man es mit Energie und Leidenschaft tun. Sonst ist es nicht die Mühe wert!“ Und dagegen ist nun wirklich nichts zu sagen.

Das Telefon bimmelt wieder. Aus der Küche ruft Mama: „He, ihr da drin! Das Telefon klingelt! Sitzt ihr auf euren Ohren? Geht vielleicht endlich mal einer ran?“

Ich greife mir den Hörer und gleich rasselt eine Stimme los: „Radio Hallo, die Sendung von Menschen für Menschen! Du kannst der nächste Glückspilz in unserer Weihnachtslotterie sein. Die Lostrommel hat deine Postkarte ausgespuckt. In unserem Jackpot liegen für dich fünftausend Euro bereit. Du musst uns nur diese eine Frage richtig beantworten: Welche drei Dinge verordnet ein Arzt im Allgemeinen nach einer Massenkarambolage in einer Mauleselgarage?“

Der Typ klingt, als hätte er genau wie ich ein Quasselmonster im Ohr.

„Na, was ist?“, meldet sich die Stimme nach einer kurzen Pause zurück. „Es geht um fünftausend Euro! Wenn du mir jetzt die passende Antwort gibst, gehören sie dir?“

Langsam kapiere ich. Das ist kein Telefonscherz. Das ist ein Radioquiz. Ich muss bloß die richtige Lösung sagen und es regnet fünftausend Euro. Mann, bin ich aufgeregt. Meine Hände zittern und die Handflächen sind mit einemmal so schwitzig, dass mir der Telefonhörer fast aus den Fingern flutscht. Nun wird mir auch klar, warum Stella seit Tagen beim Frühstück immer diesen Mumpitz heruntergeleiert hat. Sie hat sich die richtige Lösung eingetrichtert.

„Bist du noch dran? Beeil dich. Deine Zeit läuft ab. Ich stelle dir also noch einmal die Frage: Was verschreibt ein Arzt nach einer Massenkarambolage in einer Mauleselgarage?“

Pflegepage, Magerquarkmassage, Hufeisenbandage, liegt mir die Antwort schon auf der Zunge. Da fällt mir plötzlich ein, dass ich ja gerade eben erst ein Schweigegelübde abgelegt habe. Mist, was mache ich denn jetzt? Ein Gelübde darf man nicht brechen. Niemals. So was ist eine Frage der Ehre. Ein Mann ein Wort. Papa sagt immer, das Wichtigste im Leben ist, dass man Prinzipien hat. Denn nur so kann man sich aufeinander verlassen. Und das stimmt. Deshalb möchten auch alle in meiner Klasse am liebsten mit mir tauschen und neben der Heidelbeere sitzen. Die Heidelbeere hat nämlich auch Prinzipien. Sie lernt für jede Leistungskontrolle und will immer die Klassenbeste sein. Darum kann man sich bei ihr immer darauf verlassen, dass es stimmt, was man abschreibt.

„Also, ich gebe dir jetzt noch genau zehn Sekunden Zeit für die richtige Antwort", quengelt erneut die Stimme im Hörer. „Zehn, neun, acht ..."

Irgendwie muss ich vor Aufregung auf die Mikrofontaste am Telefon gekommen sein, denn plötzlich schallte es im ganzen Wohnzimmer: „... sieben, sechs ... na, komm schon, mach den Mund auf oder willst du dir fünftausend Euro durch die Lappen gehen lassen. Damit kannst du locker noch ein paar Wünsche mehr auf deinen Weihnachtswunschzettel setzen. Vorausgesetzt, du präsentierst mir jetzt die passende Lösung... fünf, vier, drei ..." In diesem Moment poltert das Handy von Stella zu Boden, ihre Zimmertür fliegt auf und sie kreischt hysterisch: „Pflegepage, Magerquarkmassage, Hufeisenbandage!"

„Was hast du da eben gesagt? Wiederhole es doch bitte noch mal, ich habe dich nicht richtig verstanden ... zwei … eins ...“

Stella beginnt zu zittern und wird schlagartig weiß im Gesicht. Ihre Mundwinkel zucken krampfhaft und zwischen den Lippen kriechen kleine Schaumbläschen hervor. Irgendwie sieht sie jetzt aus wie ein übergroßer Seifenspender aus Porzellan. Also gut, weil das ein Notfall ist und weil ich glaube, dass eine Porzellanseifenspenderschwester noch bekloppter ist als eine normal bekloppte Schwester und weil ich einen verlängerten Wunschzettel ganz okay finde, werde ich dieses eine Mal ausnahmsweise mein Schweigegelübde brechen und dem Kerl antworten.

„... null! Wenn du jetzt nicht sofort die richtige Antwort parat hast, bist du erledigt“, droht mir die Stimme aus dem Mikrofon. Kein Problem, grinse ich den Hörer an und sage dann laut und deutlich:

„Wenn hinter Mauern Mauren lauern
und vor den Mauern Maurer kauern,
wird's nicht lange dauern
und es gibt 'ne geile
Keile!“

„Sehr witzig. Aber leider war das die falsche Antwort. Arschkarte, mein Freund! Du hast soeben fünftausend Euro verspielt. Vielleicht läuft's ja beim nächsten Mal besser. Frohe Weihnachten!“, lacht die Mikrofonstimme und legt auf.

Stella glotzt mich an, als wäre ich ein Vollidiot und zischt: „Trottel!", was im Grunde auf dasselbe rauskommt. Dann verschwindet sie wieder in ihrem Zimmer und knallt die Tür hinter sich zu. Erschrocken schießt Papa vom Sofa hoch und blinzelt benommen um sich. Schließlich entdeckt er mich und motzt: „Kannst du die Tür nicht leise schließen wenn du reinkommst, Edgar?" Und ich bin jetzt restlos bedient.

Arschkarte Nummer 2

Gerade habe ich es mir im großen Fernsehsessel bequem gemacht, da steckt Mama ihren Kopf durch die Tür und sagt: „Edgar, ich brauche zum Panieren der Schnitzel noch zwei Eier. Geh doch mal zu Frau Semmelbrösel rüber und frage sie, ob sie uns aushelfen kann."

Zu Frau Semmelbrösel? Rüber? Ich? Jetzt? Aber Frau Semmelbrösel wohnt mindestens zehn Häuser weiter, ganz am Ende der Straße! Das ist fast schon in einer anderen Galaxie. Da bin ich ja ewig unterwegs. Und in acht Minuten fängt im Fernsehen meine Lieblingssendung an. Wie soll ich das denn schaffen? Ich bin ein Genie aber kein Zauberer! Außerdem ist vor Frau Semmelbrösels Grundstück dauernd die Straßenbeleuchtung defekt. Und jeder weiß, dass die Dunkelheit voll ist von finsteren Kreaturen, die nur darauf warten, dass jemand mit ein paar Eiern vorbeikommt. Lauter eiersüchtige Zombies und Werwölfe, gegen die ich mir erst den Weg freikämpfen muss. Oder was ist, wenn plötzlich vor mir ein Meteorit mitten auf den Weg kracht und einen Riesenkrater zurücklässt? Oder ein Eisberg versperrt mir den Weg? Dann muss ich einen Umweg nehmen! Das schaffe ich doch nie in acht Minuten!

Mama scheint meine Gedanken lesen zu können. Sie hat plötzlich ihren „Keine-Widerrede-Blick" aufgesetzt und sagt: „Du hast ja noch etwas gut zu machen, nicht wahr Edgar?" Mama ist eigentlich nicht nachtragend. Aber über meinen missglückten

Auftritt auf dem Weihnachtsmarkt ist sie immer noch sauer. Was soll ich da tun? Mir bleibt einfach nichts anderes übrig, als zu nicken und loszuziehen.

Frau Semmelbrösel arbeitet im selben Bäckerladen wie Mama. Die beiden verstehen sich prima und helfen sich immer aus, wenn bei ihnen mal irgendwas knapp ist. Frau Semmelbrösel hilft uns meistens mit Eiern aus. Sie hat Hühner und die werfen reichlich Eier ab. Mit Hühnern hat uns Frau Semmelbrösel leider noch nicht ausgeholfen. Darum muss ich immer Eier holen, wenn sie bei uns mal wieder knapp sind. Wenn wir ein Huhn hätten, könnte ich mir den Weg sparen. Aber Frau Semmelbrösel rückt keins raus. Und Mama ist auch dagegen. Sie findet, ein Huhn gehört nicht ins Haus. Ich habe widersprochen und gesagt, dass es unlogisch ist, wenn ein Huhn Haushuhn heißt und dann beispielsweise in einer Gartenlaube wohnen soll. Mama hat gelacht und gesagt, dass bei Frau Semmelbrösels Hühnern aber genau das zutrifft: Sie wohnen alle in einer Gartenlaube. Woraufhin ich argumentiert habe, dass es sich hierbei, der Logik zufolge, dann wohl um Laubenhühner handeln müsse und wir uns dann eben auf Haushühner konzentrieren sollten. Daraufhin hat Mama nicht mehr gelacht, sondern mich böse angeguckt. Seitdem ist das Thema erledigt und ich hole weiter Eier bei Frau Semmelbrösel.

Auf dem Weg dahin komme ich jetzt erstaunlich gut voran. Nirgends sind Monster, Meteoriten oder Eisberge in Sicht. Alles bleibt schön ruhig. Falls jetzt nicht noch ein Tornado die Straße heraufgefegt kommt oder mir ein Lastauto eine Ladung Stinktiere vor die Nase kippt, bin ich gleich da. Wenn ich nachher den Rückweg in derselben Zeit hinbekomme, wäre das super. Dann würde ich nicht mal den Vorspann von meiner Lieblingssendung verpassen. Scheinbar habe ich gerade eine Glückssträhne. Sogar die sonst defekte Straßenlaterne am Eingangstor zu Frau Semmelbrösels Grundstück leuchtet heute. Ihr Licht fällt direkt auf den Klingelknopf an der Sprechsäule. Ich drücke auf den Knopf. Ein tiefer Gong hallt dreimal durchs Haus. Gleich darauf ertönt Frau Semmelbrösels Stimme in der Sprechanlage: „Hallo, wer ist denn da?"

Hier ist Edgar, will ich gerade zurückrufen, da fällt mir mein Schweigegelübde wieder ein. Ich beiße mir auf die Zunge und sage nichts. Ich habe es einmal gebrochen und mich fürchterlich dabei blamiert. Ein zweites Mal passiert mir das nicht. Kein Wort wird meine Lippen verlassen. Aber ich brauche trotzdem zwei Eier. Deshalb klingle ich erneut.

„Ja doch, wer ist dort? Könnten Sie sich bitte vorstellen?", meldet sich Frau Semmelbrösel wieder. Wie soll ich mich denn vorstellen, wenn ich den Mund zu habe, denke ich. Allmählich wird mir vom Rumstehen kalt. Der Frost zwickt mich immer kräftiger in die Nase. Wenn Frau Semmelbrösel nicht gleich rauskommt, werde ich noch zum Eiszapfen. Ich klingle zum dritten Mal. Jetzt klingt Frau Semmelbrösel nicht mehr so freundlich, wie sie sich eben noch angehört hat.

„Zum Kuckuck noch mal. Wenn sie mir nicht sagen wer sie sind, bleibt das Tor zu und sie können meinetwegen die ganze Nacht da stehen und klingeln!" Das glaube ich Frau Semmelbrösel aufs Wort. Wenn sie etwas sagt, dann wird es auch so gemacht. Das weiß ich von Rosi. Frau Semmelbrösel ist nämlich nicht nur Mamas Kollegin, sondern auch Rosis Mutter. Und Rosi sagt: Wenn sich ihre Mutter etwas vornimmt, dann zieht sie es auch durch! Keine guten Aussichten also für mich.

Doch plötzlich habe ich die rettende Idee. Rosi hat mir mal erzählt, dass manchmal der Bernhardiner von ihrem Nachbarn ausreißt und dann bei ihnen vor der Tür steht und nach Süßigkeiten bettelt. Dazu stellt er sich auf die Hinterbeine, drückt mit der Schnauze auf die Klingel und schleckt mit seiner Zunge über die Sprechanlage. Was der Hund kann, kann ich auch. Ich drücke wieder auf den Klingelknopf und Frau Semmelbrösel antwortet jetzt grimmig: „Zum letzten Mal: Wer sind Sie? Was wollen Sie?" Ich schlecke mit meiner Zunge über die Sprechanlage und mit einemmal wird Frau Semmelbrösels Stimme ganz weich. „Bist du das etwa Pfiffi? Du kleiner Schlingel. Bist du wieder ausgerissen?" Yippie! Mein Plan scheint zu klappen. Frau Semmelbrösel glaubt, ich bin der Hund von ihrem Nachbar. Gleich wird sie rauskommen und ich lasse mir die Eier geben und verschwinde ganz schnell wieder.

Aber Frau Semmelbrösel zögert noch.

„Pfiffi, bist du das wirklich?", ruft sie in die Sprechanlage.

Mir bleibt nichts anderes übrig als noch mal über die Sprechanlage zu schlecken. Doch das geht jetzt nicht mehr.

Arschkarte! Meine Zunge klebt plötzlich an dem Gitter vorm Lautsprecher. Sie ist am kalten Metall angefroren. Mist, ich hänge fest! Einerseits wäre es schön, wenn jetzt jemand vorbeikäme und mich befreien würde. Andererseits kann ich froh sein, dass mich niemand so sieht. Kleine Missgeschicke wie dieses sprechen sich nämlich in unserer Stadt immer in Windeseile herum. Garantiert würde dann morgen auf der Titelseite von unserer Zeitung in fetten Buchstaben stehen: Wahnsinniger schleckt Sprechanlage ab. Und darunter wäre ein Bild von mir platziert, wie ich mit meiner Zunge an der Säule klebe. Dann wäre ich in Windeseile eine Berühmtheit. Wahrscheinlich würde man nicht zögern und mir ein Denkmal setzen und unser Bürgermeister würde eine feierliche Rede halten und sagen, dass dieses Denkmal dem bekloppptesten Jungen gewidmet ist und dass unsere Stadt stolz sein kann, dass dieser Junge ausgerechnet hier wohnt und nicht woanders. Und dann würde er alle Siegel und Stempel unserer Stadt abändern lassen und überall würde nun draufstehen: „Stadt des beklopptesten Jungen“. Und an unserem Haus würde ein Schild angebracht werden, mit dem Hinweis: „Geburtshaus des beklopptesten Jungen“. Und ich hätte nach der Schule nie wieder Zeit für den Bolzplatz, weil ich ja nun andauernd am Fenster von meinem Zimmer sitzen und den zahllosen Touristen zuwinken müsste, die aus allen Ecken dieser Welt angereist kämen, um den beklopptesten Jungen zu fotografieren. – Ganz ehrlich, so bekloppt bin ich nun auch wieder nicht, dass ich das möchte. Darum pfeife ich jetzt auf mein Schweigegelübde und sage: „Allo, Rau Sännelrösäl. Gönnä Sie al rauskongäng?“

Daraufhin wird es still in der Sprechanlage. Schließlich höre ich Frau Semmelbrösel flüstern: „Rosi, das ist nicht Pfiffi da draußen. Das ist irgendein Betrunkener der sich in der Haustür geirrt hat. Am besten wir verhalten uns ganz still. Dann geht er vielleicht wieder. Und wenn er nicht geht, dann rufen wir die Polizei.“

Die Polizei? Bloß das nicht! Ich muss schleunigst meine Zunge wieder losbekommen, sonst bin ich erledigt. Deshalb rufe ich jetzt so laut ich kann: „Hihää, einää Chungää hängd äsd!“ In der Sprechanlage kichert Rosi: „Ach Mama, das ist auch kein Betrunkener. Das ist Edgar. Der dichtet immer so komische Sachen!“

Gleich darauf geht die Haustür auf und ich bin gerettet. Frau Semmelbrösel kommt aus dem Haus und eist mich wieder los. Sie ist sehr nett. Sie verbrüht mir erst mit heißem Wasser die Zunge und zwei Eier bekomme ich auch noch. Als ich wenig später wieder zu Hause ankomme, ist meine Lieblingssendung zwar vorbei, meine Füße sind schockgefrostet und meine Zungenspitze brennt wie Feuer – aber sonst geht's mir super.

Arschkarte Nummer 3

Auch in diesem Jahr bricht der Schulfasching wieder über mich herein. Erst habe ich gedacht, diesmal entgehe ich ihm. Fräulein Lieblich lag mit Erkältung im Bett und Klassenfasching ohne Klassenlehrerin, das geht nicht. Doch kaum ist Fräulein Lieblich wieder gesund, wollen alle, dass der ausgefallene Fasching nachgeholt wird. Außer ich. Für mich ist Schulfasching die Hölle! Auf meiner persönlichen Hitliste der nervigsten Dinge steht er ganz vorn, dicht gefolgt von meinen bekloppten Geschwistern, Tanzen mit Pfannkuchen-Rosi und dem Quasselmonster in meinem Ohr. Was nicht heißen soll, dass die Heidelbeere oder Musikunterricht bei Frau Schrei nicht auch nervig sind. Aber die haben auch ihre Vorzüge. Die Heidelbeere, zum Beispiel, weiß bei Leistungskontrollen auf alle Fragen immer die richtigen Antworten, ist aber gleichzeitig zu doof, ihr Wissen zu schützen. Das finde ich gut. So muss ich mir das Wissen nicht erst selber aneignen, sondern kann es gleich von ihr abschreiben. Das spart mir kostbare Zeit, die ich dann auf dem Bolzplatz sinnvoller einsetzen kann.

Auch Frau Schrei hat eine gute Seite. Weil wir angeblich immer so sauertöpfisch gucken, begrüßt sie uns jedes Mal am Anfang der Musikstunde mit den Worten: „Auf geht's, meine Lieben! Morgenstund hat Gold im Mund!“ Wir dagegen sind der Meinung: „Morgenstund ist ungesund“ und gucken gleich noch sauertöpfischer. Frau Schrei lässt sich davon nicht entmutigen. Sie fängt an, auf dem Klavier zu spielen und singt dazu. Damit wir merken, dass Musik und Singen Frohsinn verbreiten. Wir merken, dass Klimpern und Schreien Trübsinn verbreiten und gucken jetzt verbittert. Frau Schrei bleibt bei ihrer Ansicht. Sie hämmert weiter unerschütterlich auf dem Klavier herum und schreit uns ihre freudige Botschaft entgegen. Jetzt gucken wir langsam grimmig. Frau Schrei schreit lauter. Wir gucken noch grimmiger. Es ist eine Art Wettkampf, den am Ende meistens Frau Schrei verliert. Irgendwann krächzt sie bloß noch heißer und gibt entnervt auf. Und wenn wir Glück haben, sind ihre Stimmbänder dann zur nächsten Musikstunde immer noch so ramponiert, dass Frau Schrei bloß flüstert und uns mal nicht mit ihrem Gesang foltern kann. Das ist dann prima.

Über unseren Schulfasching lässt sich dagegen nichts Positives berichten. Außer, dass er irgendwann ein Ende hat und erst im nächsten Jahr wieder stattfindet.

Leider aber hat er auch immer einen Anfang. Und der kommt so regelmäßig und unausweichlich über uns, wie die vier Jahreszeiten. Darum heißt er auch die „fünfte Jahreszeit".

Eine fünfte Jahreszeit braucht eigentlich niemand. Wir haben ja schon vier und sind damit ausreichend versorgt. Trotzdem werden wir unser ganzes Leben lang von dieser überflüssigen Jahreszeit verfolgt. Kaum sind wir geboren, kommt die fünfte Jahreszeit und wir kriegen das Gesicht angemalt und müssen Klamotten tragen, die in den restlichen vier Jahreszeiten niemand freiwillig anziehen würde. Außer mein kleiner bekloppter Bruder Malte. Dem ist völlig egal, was er anhat, Hauptsache man kann es dreckig machen. Auch schmiert er sich außerhalb der fünften Jahreszeit gern Farbe ins Gesicht. Am liebsten Lippenstift von Mama. Aber genauso gut gehen auch Tomatensoße, Zahnpaste, Schokoladencreme, Aprikosenmus oder Tinte aus Papas Farbdrucker. Es kommt ganz darauf an, in was sich Malte gerade verwandeln will und welche Farbe er dazu braucht. Neulich hat er mit seinem Freund Daniel-Cedric Marsmännchen gespielt. Nun darf Daniel-Cedric vorerst nicht mehr zu uns nach Hause. Jedenfalls so lange, wie Spinat für uns kein Lebensmittel darstellt, sondern eine Gesichtsfarbe, hat seine Mutter gesagt. Da sollte sie mal unseren Schulfasching besuchen. Dort laufen Typen rum, gegen die sind Marsmännchen ein Witz.

In diesem Jahr ist es besonders krass. Wir bekommen von Fräulein Lieblich immer ein Motto, nach dem wir dann unsere Kostüme auswählen sollen. Diesmal hat sie das Thema „Helden aus meinem Bücherregal" ausgegeben. In Hannibals Bücherregal wohnt Moby Dick. Das wird uns klar, als Hannibal am Faschingstag als Moby Dick auftaucht. Moby Dick ist ein Walfisch aus einem Roman. Den hat mal ein Herman Melville geschrieben. Das ist aber schon eine ziemliche Weile her. Herman ist längst tot. Aber Moby Dick existiert noch. Auf unserem Schulfasching ist er eine echte Plage. Walfische sind große Tiere. Darum schwimmen sie im Wasser. Damit sie nirgends stecken bleiben. Hannibal ist das scheinbar nicht bekannt. Er schleppt sein Walfischkostüm herum und bleibt damit dauernd stecken. Es ist fast so groß wie ein richtiger Wal und passt nur durch eine Tür, wenn mindestens noch drei Personen von hinten schieben.

Die drei Personen sind Rudi, Bernd und ich. Fräulein Lieblich hat uns dazu verdonnert. Weil wir außer Hannibal die einzigen Jungs in der Klasse sind und die Mädchen nicht solche Muckis haben wie wir. Darum müssen wir jedes Mal ran, wenn Hannibal in der Tür festhängt. Und Hannibal hängt ständig in irgendeiner Tür fest. Das nervt. Außerdem nerven Bernd und Rudi. Die beiden stecken zusammen in einem Drachenkostüm mit zwei Köpfen und trampeln sich dauernd gegenseitig auf den Füßen rum.

Ich habe sie gefragt, warum sie dieses doofe Drachenkostüm gewählt haben. Daraufhin haben sie mir genervt erklärt, dass sie die Hydra sind und dass die Hydra kein Drache sondern eine hundertköpfige

Wasserschlange ist. Und ich solle jetzt ja nichts wegen der hundert Köpfe sagen. Sie wüssten selber, dass hier ein paar Köpfe fehlen. Aber hundert Leute hätten nun mal nicht in das Kostüm gepasst und jede Hydra fängt mal klein an und dies wäre eben noch eine kleine Hydra. Und im Übrigen müssten sie mir so was nicht erzählen, wenn ich mich mehr für alte griechische Sagen interessieren würde.

Aber das ginge ja nicht, weil wir bei uns zu Hause bloß zwei mickrige Bücher hätten. Nämlich das Telefonbuch und den „Kleinen Taubenführer". Das stimmt zwar, aber das ist noch lange kein Grund, so überheblich zu tun. Darum habe ich ihnen entgegengeschmettert, dass ich in der Angelegenheit auch gar nicht mit ihnen tauschen möchte, sonst würde ich jetzt womöglich auch in so einem dämlichen Kostüm stecken, anstatt in einem viel bequemeren Schlafanzug von meinem Vater. Meine Wahl ist an diesem Tag nämlich auf Papa gefallen. Er ist meine Heldengestalt im Bücherregal. Darum habe ich ihn ausgesucht. Im „Kleinen Taubenführer habe ich ihn zwar nicht gefunden, aber er steht im Telefonbuch. Was beweist, dass man sogar mit einem Buch im Bücherregal glücklich werden kann.

Keine Ahnung, wie viele Bücher dagegen bei Pfannkuchen-Rosi im Regal stehen. Aber es muss ein Buch über magische Wesen darunter sein, denn Rosi hat sich diesmal als Waldelfe verkleidet. Ich war ziemlich baff, als Rosi es mir verraten hat. Mein Tipp war eigentlich Sitzsack oder Medizinball. Das hätte besser zu ihr gepasst. Aber das habe ich ihr natürlich nicht gesagt, weil sie mir dann garantiert eine gescheuert hätte. Rosi kann sehr ungemütlich werden, wenn man ihr so offen und ehrlich gegenübertritt. Am besten hält man die Klappe oder macht ihr Komplimente. Deshalb habe ich ihr gesagt, dass sie toll aussieht und mich ein bisschen an Robin Hood erinnert. Daraufhin hat sie genickt und geantwortet, dass sie sich das schon gedacht hätte, weil ich ein Junge bin und Jungs sich ja eher für Robin Hood als für Waldelfen interessieren.

Der Oberkracher aber ist diesmal die Heidelbeere. Die hat sich doch tatsächlich als Nobelpreisträger verkleidet. Oder besser gesagt, sie hat sich so angezogen, wie sie sich einen Nobelpreisträger vorstellt. Wie einen Clown nämlich. Mit Zylinder, Frack und einem Hemd mit goldenen Manschettenknöpfen, so groß wie Papas Armbanduhr. Da kann man mal sehen, dass die Heidelbeere doch nicht von allem Ahnung hat. Obwohl sie immer so tut. Von Nobelpreisträgern hat sie nämlich null Ahnung. Sonst hätte sie sich solche Klamotten besorgt, wie ich sie immer trage. Gäbe es die Wahl des dämlichsten Kostüms, wäre sie auf jeden Fall mein Favorit gewesen.

Leider gibt es auf unserem Schulfasching aber nur die Wahl zum besten Kostüm. Und die gewinnt doch tatsächlich die Heidelbeere. Was beweist, dass an unserer Schule völlig falsche Vorstellungen von Nobelpreisträgern herrschen und dass Aufklärung dringend geboten ist. Darum muss ich mein Schweigegelübde jetzt mal kurz außer Kraft setzen. Weil für diese Aufgabe natürlich nur jemand in Frage kommt, der dafür ausreichend qualifiziert ist. Ein Fachmann. Ein Experte. Ein Genie. Also ich!

Damit auch alle den Unterschied zwischen einem echten und einem unechten Nobelpreisträger mitkriegen, postiere ich mich gut sichtbar neben die Heidelbeere und beginne meine Aufklärungsarbeit laut und deutlich mit den Worten:

„Ein Schnabelpaar spießt aus der Hecke.
Daneben grüßt 'ne Eierschecke.
Die Schnäbel haben weiße Flecken.
Wer wird sich wohl da drin verstecken?
Heuschrecken?
Falsch! –
Natürlich zwei getüpfelte
Eierscheckenweißfleckenschnabelheckenschnecken!"

Danach kriege ich viel Beifall und aus einer Musikbox scheppert ein Tusch. Fräulein Lieblich strahlt mich an und sagt, dass das eine tolle Büttenrede von mir war, und dass wir im nächsten Jahr zum Schulfasching unbedingt auch einen Wettbewerb im Büttenreden durchführen sollten. Doch daran mag ich im Augenblick gar nicht denken. Wer weiß, ob ich da überhaupt noch lebe. Obwohl ich die Quasselmonsterattacke diesmal scheinbar ohne größere Schäden überstanden habe, ist mir trotzdem ganz komisch zumute. Vor mir steht nämlich plötzlich Pfannkuchen-Rosi und fragt mich ernsthaft, ob ich mit ihr tanzen will. Und mir bleibt jetzt echt nichts anderes übrig, als zu nicken. Denn, wie ich schon sagte, Rosi kann sehr ungemütlich werden, wenn man ihr offen und ehrlich gegenübertritt. Arschkarte!

Arschkarte Nummer 4

Als Genie hat man es echt nicht leicht. Ist man obendrein von einem Quasselmonster befallen, das einem den Gehörgang verstopft, wird es doppelt schwer. Und wenn nun noch ein kleiner bekloppter Bruder hinzukommt, besitzt man so ziemlich die besten Voraussetzungen für einen rundum bekloppten Tag. Mein rundum bekloppter Tag beginnt damit, dass Mama sagt: „Ich komme heute später nach Hause. Eigentlich hat Frau Semmelbrösel langen Dienst. Aber Frau Semmelbrösel ist krank geworden und wir können den Laden ja nicht einfach Mittag zumachen." Papa lacht und sagt, dass das eigentlich eine hübsche Idee wäre. Dann hätte Mama mehr Zeit für den Haushalt. Daraufhin starrt ihn Mama finster an und Papa bleibt das Lachen im Hals stecken. Er hüstelt bis er den Hals wieder frei hat und sagt dann, dass er heute auch langen Dienst hätte. Stella, die sonst nie etwas mitbekommt, weil sie ja andauernd nur mit ihrem Handy beschäftigt ist, ruft sofort: „Und ich habe heute Musikschule!" Sie lernt angeblich neuerdings Schlagzeug spielen. Aber ich bin da skeptisch. Mal ehrlich, trommeln mit einem Handy am Ohr, wie soll das gehen? Ich vermute, Stella hat das bloß erfunden. Damit sie eine Ausrede hat und sich verdrücken kann, wenn es wieder was zu tun gibt. Und es funktioniert auch diesmal. Mama sagt: „Edgar, dann musst du eben heute Malte aus dem Kindergarten abholen. Jetzt zieh nicht so ein Gesicht. Es handelt sich schließlich nur um deinen kleinen Bruder und nicht um einen Sack Flöhe."

Am liebsten hätte ich jetzt gesagt: Na toll! Und wo ist da jetzt der Unterschied? Ob ich einen Sack Flöhe oder Malte nach Hause treibe, das ist doch dasselbe! Aber Mama hat wieder ihren „Keine-Widerrede-Blick" aufgesetzt. Also zwecklos, noch irgendwas dagegen einzuwenden. Ich habe mal wieder die Arschkarte gezogen und darf mir heute mit meinem kleinen bekloppten Bruder den Tag verderben.

Ich werde nicht enttäuscht. Im Kindergarten will Malte erst mal nicht abgeholt werden. Er hat keine Lust. Er muss mit Daniel-Cedric noch Trampolin hüpfen. Damit ich gar nicht erst anfange, mit ihm zu diskutieren, wirft sich Malte vor mir auf den Boden und schreit es laut heraus. Ich lasse ihn liegen und kratze schnell die Kurve. Weil ich keine Lust darauf habe, dass morgen in der Stadt rumerzählt wird, dass ich einen gewalttätigen Bruder habe, der sogar den Fußboden verprügelt. Zum Glück habe ich einen Comic dabei. Und die Bank neben der Spielwiese ist auch noch frei. Manchmal sitzen da verzweifelte Eltern und warten darauf, dass ihre Kinder endlich vom Trampolin runterkommen, damit sie ihre Sprösslinge nach Hause treiben können. Heute gehört mir die Bank ganz allein und ich kann ungestört in meinem Comic-Heft lesen. Jedenfalls so lange, bis es Malte einfällt, dass er nun doch lieber nach Hause will. Aber im Moment ist noch Zwergenrodeo ange-

sagt. Malte und Daniel-Cedric purzeln auf dem Trampolin herum wie zwei große Bowlingkugeln. Bloß der Knall bleibt aus, als sie mit den Köpfen zusammenstoßen.
Dafür plärrt jetzt ein zweistimmiger Chor los. Zum Glück bin ich bloß der Abholdienst und muss mich um so was nicht weiter kümmern. Weil ja hier der Kindergarten zuständig ist. Auf dem Spielplatz im Stadtpark wäre das anders. Da müsste ich jetzt hinge-

hen und Malte für unprofessionelles Verhalten auf einem Trampolin eine Rüge erteilen. Hier geht mich das alles nichts an.

Eigentlich ist es gar nicht so schlecht, dass ich jetzt hier sitze und nicht mit der Nervensäge im Park gelandet bin. Dort hätte Malte garantiert schon wieder hinter irgendeinem Busch einen Hund hervorgezerrt. Ich weiß auch nicht, wie er das immer macht. Aber kaum wird Malte im Park von der Leine gelassen, bringt er im nächsten Moment einen Hund angeschleppt. Wahrscheinlich lauert er im Gebüsch bis sich ein Hund dahinterhockt, weil er mal muss. Und ehe der Hund wieder davonlaufen kann, kriecht mein bekloppter Bruder hervor und überrumpelt ihn. Unser Direktor Kittel hat in einer seiner berüchtigten Ansprachen zur Zeugnisausgabe einmal gesagt: Wer Talent besitzt, der kann im Leben viel erreichen und Großes vollbringen. Und dass man Talente formen muss. Und dafür ist die Schule da, um die Talente unter uns zu fördern und zu fordern. Damit ihre besonderen Begabungen später mal in unserer Gesellschaft reichlich Früchte tragen. Da bin ich mal gespannt, wie später das Schulförderprogramm für Malte aussehen wird. Denn eins scheint mir ziemlich sicher: Wenn Malte groß ist, wird er bestimmt mal Hundefänger. Das Talent dazu hat er jedenfalls.

Gerade habe ich es mir auf der Bank bequem gemacht und mich in mein Comic-Heft vertieft, da kommt die Mutter von Daniel-Cedric angelaufen. Ich kenne sie aus dem Frisörladen. Sie arbeitet im Damenabteil. Manchmal muss sie auch bei den Herren aushelfen. Das ist dann immer eine Katastrophe für den Herrn, dem sie auf dem Kopf rumfummelt. Weil er hinterher jedes Mal wie eine Dame aussieht. Ich weiß, wovon ich rede. Ich habe das nämlich schon dreimal mitgemacht. Wenn mich jemand aus dem Herrenabteil schneidet, sehe ich normal aus. Wenn mich Daniel-Cedrics Mutter schneidet, sehe ich hinterher wie ein Mädchen aus.

Genau wie Malte hat auch Daniel-Cedric noch keine Lust, nach Hause zu gehen. Aber er hat eine andere Methode, sich auszudrücken. Er teilt es seiner Mutter mit, indem er sich an die Kletterstange klammert und wild kreischt, als würde er gleich skalpiert.

„Ist ja gut, Danilein. Mama setzt sich da drüben hin und wartet, bis du fertig bist", sagt seine Mutter und verlässt fluchtartig die Spielwiese. Ich kann sie gut verstehen. Wer will schon mit so einem Kind in Verbindung gebracht werden. Wenn er noch ein bisschen an sich feilt, könnte er später als Feuersirene Karriere machen. Oder er arbeitet mit Malte zusammen. Er treibt mit seinem Sirenengeheul die Hundemeuten zusammen und Malte fängt sie anschließend ein.

Daniel-Cedrics Mutter setzt sich neben mich und pumpt wie ein Maikäfer. Mit Stöckelschuhen über eine Wiese zu rennen muss sehr anstrengend sein. Schließlich atmet sie wieder ruhiger und lächelt mich an: „Du bist doch der Bruder von Malte, stimmt's?" Damit kein falscher Eindruck entsteht, sage ich, dass wir zwar miteinander verwandt sind, aber sonst völlig verschieden. Leider komme ich nicht mehr dazu, ihr den Unterschied zwischen mir und meinem kleinen bekloppten Bruder genauer zu erklären. Plötzlich huscht ein Schatten über den Zaun, flitzt über die

Spielwiese und verschwindet im Vogelhäuschen. Kurz darauf ragt aus dem Vogelhäuschen ein rotes buschiges Ding hervor. Es wackelt, ruckelt und winkt.

„Ein Eichhörnchen, wie putzig", flüstert mir die Mutter von Daniel-Cedric zu. „Danilein" und Malte haben es auch entdeckt und stürmen das Vogelhaus. Das Eichhörnchen rettet sich aufs Dach und beobachtet von oben die Knirpse. Malte kramt in seiner Hosentasche und zieht eine Tüte Schokonüsse hervor, die ich schon seit einiger Zeit vermisse. Na toll, da kann ich natürlich lange suchen! Im nächsten Moment streut mein kleiner bekloppter Bruder den ganzen Vorrat an Schokonüssen auf die Wiese und ruft: „Putt, putt, putt, komm her, kleines Eichhörnchen. Ich gebe dir was von meinen Nüssen ab."

Das ist wieder mal typisch. Was ihm nicht gehört, das verschenkt mein kleiner Bruder ohne mit der Wimper zu zucken. Das Eichhörnchen guckt gierig auf meine Schokonüsse. Ich habe nichts gegen Eichhörnchen. Aber ich liebe auch Schokonüsse. Und wenn es schon meine eigenen sind, die hier verfüttert werden, dann will ich wenigstens auch was davon abhaben. Erst bin ich dran, dann das Eichhörnchen! Schweigegelübde hin, Schweigegelübde her, das werde ich Malte jetzt mal verklickern. Doch kaum habe ich den Mund aufgemacht, rutscht mir wieder so ein Blödsinn raus:

„Auf den Bäumen torkeln Spechte,
kippen in die Waagerechte,
finden sich nur schwer zurecht.

Haben mit dem Weberknecht
nächtens zünftig durchgezecht
– nun ist ihnen grottenschlecht."

Das Eichhörnchen zuckt zusammen. Dann schießt es wie ein geölter Blitz über die Spielwiese und verschwindet hinter dem Zaun. Malte macht das, was er immer tut, wenn ihm etwas nicht gefällt: Er schmeißt sich hin und verprügelt den Boden. Und Daniel-Cedrics Mutter steht auf, guckt mich entsetzt an und verlässt mit ihrem Sprössling im Schlepptau die Spielwiese. Bestimmt denkt sie jetzt, es gibt doch keinen Unterschied und ich bin mindestens genauso bekloppt wie mein kleiner Bruder. Arschkarte!

Arschkarte Nummer 5

Jedes Jahr über Ostern fahren wir aufs Land. Andere fliegen ans Mittelmeer oder erholen sich auf einem Kreuzfahrtschiff. Die Heidelbeere war mit ihren Eltern sogar schon in der Wüste Gobi. Keine Ahnung wo das liegt, aber es klingt nach sehr weit weg. Bei uns ist die Anfahrt eher kurz. Wir fahren auf einen Bauernhof. Der Bauernhof liegt außerhalb der Stadt. Dazu müssen wir ein Stück die Autobahn entlang, dann rechts abbiegen, dann noch zweimal links und schon sind wir da. Der Bauernhof steht in einem Dorf mit vielen Bauernhöfen. Unserer ist der größte und heißt „Zur Holländerwindmühle", weil auch eine Windmühle dazu gehört. In der Windmühle sind immer die Gäste untergebracht. Das ist toll. Weil die

Zimmerwände zur Hälfte rund sind. So können wir Gästekinder unter fast echten Bedingungen „Urlaub in der Klapsmühle“ oder „Verschollen in der Gummizelle“ spielen. Weil die Gummizellen in den Klapsmühlen auch immer rund sind. Das hat mir Bernd erzählt und der kennt sich mit so was aus, weil sein Onkel ja in einer Klapsmühle arbeitet. Weniger toll an der Windmühle ist, dass sie nicht mehr funktioniert. Wenn sie noch propellern könnte, hätten wir mit Sicherheit eine bessere Luft und müssten nicht dauernd den Atem anhalten, weil es überall nach Jauchegrube riecht. Besonders hinter der Windmühle. Was nicht weiter verwundert, weil sich da ja die Jauchegrube befindet. Aber auch sonst kriegt man den Geruch nirgendwo aus der Nase. Außer auf dem Klo. Da riecht es nach Klo. Und im Speiseraum riecht es nach Speisen, solange nicht gelüftet wird. Auf dem restlichen Hofgelände ist „Jauchegrube“ angesagt. Es stinkt zum Himmel. Doch Papa hat uns belehrt, so rieche nun mal Landluft und wir sollen uns nicht so anstellen. Dann hat er auf den Schweinestall gezeigt. Der Schweinestall ist gleich neben der Jauchegrube und die Fenster haben keine Scheiben mehr.

„An den Schweinen da drin könnt ihr euch ein Beispiel nehmen. Die müssen das jeden Tag aushalten und beklagen sich nicht“, hat er uns eine Standpauke gehalten und anschließend die würzige Landluft gelobt, weil sie so gesund sei. Und dann hat er noch gesagt, in der Stadt gäbe es so was Edles nur für viel Geld als Bioluft in Gläsern. Wir dagegen könnten diese herrliche Luft kostenlos und auch noch in unbegrenzter Menge konsumieren. Darüber sollten wir mal nachdenken und ein bisschen mehr Dankbarkeit zeigen.

Dankbarer sind wir nicht geworden. Aber nachgedacht haben wir und sind zu dem Ergebnis gekommen, dass es keinen Zweck hat, mit Papa über die Qualität von Luft zu diskutieren. Weil seine Geschmacksnerven anders funktionieren als unsere. Und über Geschmack lässt sich nun mal nicht streiten. Der ist wie er ist.

Auch in diesem Jahr empfängt uns der Gestank wie ein guter alter Bekannter. Er ist sofort zur Stelle, als wir die Autotüren öffnen. Zuerst brennt er in den Augen, dann schnürt er mir den Hals zu. Papa atmet tief durch und lobt die würzige Landluft. Mama sagt nichts und hält sich ihr parfümiertes Taschentuch vor die Nase. Malte scheint die Luft überhaupt nicht zu stören. Wahrscheinlich sind seine Nasenlöcher wieder mit irgendwas verstopft. Bevorzugt mit Hustenpastillen, weil die so schön nach Pfefferminze riechen. Im Grunde ist er aber nicht wählerisch. Er steckt sich alles Mögliche in die Nase. Neulich hat er Staubsauger gespielt und hinterher musste ihm Doktor Heilfroh vier Kirschkerne aus der Nase ziehen. Mama nimmt ihn immer in Schutz und sagt, Malte wäre eben noch klein und wenn er erst größer ist, steckt er sich so etwas bestimmt nicht mehr in die Nasenlöcher. Ich glaube, da hat sie nur zur Hälfte recht. Wenn Malte erst einmal größer ist, ist auch seine Nase größer. Dann nimmt er selbstverständlich keine

Kirschkerne mehr sondern stopft sich gleich ganze Kirschen da rein.

Genau wie Papa findet auch Malte den Bauernhof großartig. Aber nicht wegen der Luft, sondern wegen der Hunde. Ich wette, hier gibt es mehr davon als sonst irgendwo. Kaum lassen wir uns blicken, kommen aus allen Richtungen Hunde angerannt und weichen uns nicht mehr von der Seite.

Stella kriegt an der Stelle immer einen Schreikrampf. Sie kann Hunde nicht leiden. Aber diesmal hat sie

Glück. Weil sie für ihre Abschlussprüfung in der Schule büffeln muss, durfte sie daheim bleiben. Malte dagegen quietscht vor Vergnügen und verschmilzt augenblicklich mit der Hundemeute zu einem Knäuel. Ich frage mich schon lange, wieso Papa für ihn jedes Mal wieder ein Bett in der Windmühle bucht und nicht gleich in der Hundehütte. Das würde vieles erleichtern.

Ich hätte ein Zimmer ganz für mich allein und meine wohlverdiente Ruhe nach einem stressigen Urlaubstag. Und mein bekloppter Bruder könnte Tag und Nacht über den Hof schnüffeln und nach Dingen suchen, die er sich in die Nase stopfen kann. Das Vernünftigste wäre allerdings, wir würden gar nicht mehr herkommen und wie ganz normale Menschen Strandurlaub auf den Malediven machen oder in einem Vergnügungspark übernachten. Doch das geht leider nicht. Jedes Mal wenn ich das Thema anspreche behauptet Papa, Stadtkinder wie wir gehören in den Ferien auf einen Bauernhof. Weil wir in der Stadt nämlich immer alles mundgerecht serviert bekommen, haben wir angeblich keinen blassen Schimmer von der Natur und denken, dass die Milch aus dem Tetrapack kommt und dass eine Taube eine schwerhörige Frau ist. Papa sagt, die Allgemeinbildung von Stadtkindern sei heutzutage eine Katastrophe und wenn sich daran nicht bald was ändert, sieht es zappenduster aus für die Zukunft. Es könne einem Angst und Bange werden, wenn man sieht, wie begriffsstutzig manche von uns sind. Er spräche da aus Erfahrung. Er könne in der Schwimmhalle zehnmal erklären, Arschbombe vom Beckenrand ist gefährlich und deswegen verboten. Das Kind macht die Arschbombe trotzdem. Wenn er das Kind aber nachher an den Ohren aus dem Wasser zieht und sagt, dass die eigentliche Gefahr darin besteht, dass die Ohren mit jeder Arschbombe ein Stück länger werden, hört das Kind auf damit. Was zeigt, dass praktische Erfahrungen nicht zu ersetzen sind. Darum müssen wir Stadtkinder aufs Land, und den Tieren beim Fressen, Saufen und Kacken zuschauen. So sammeln wir praktische Erfahrungen und das erhöht unsere Allgemeinbildung und lässt die Zukunft wieder ein Stück heller erstrahlen.

In diesem Jahr ist zu den Schweinen, Hühnern, Enten, Kühen, Tauben, Schafen, Gänsen und Ziegen noch ein weiteres Tier hinzugekommen. Ein Pony. Ein Pony ist ein Tier, das vor allem aus einem riesigen runden Bauch besteht. Am Bauch sind unten vier kleine Beine und oben ein großer Dickschädel angebracht. Der Vorteil bei einem Pony ist, dass man beim Aufsteigen keine Leiter braucht. Der Nachteil ist, dass es wegen seines dicken Bauches immer nur ans Fressen denkt.

Unser Pony heißt „Kleine Walze“, frisst scheinbar alles außer Pflastersteine und hasst es, wenn ihm jemand auf die Hinterbacken schlägt. Dann keilt es aus und rast im gestreckten Galopp davon. Leider bekomme ich das erst mit, als ich auf dem Pony sitze. Das Pony ist sehr nervös. Sobald es im Schweinestall knallt, zuckt es zusammen. Es bringt nichts, einem Pony zu erklären, dass es unter uns Menschen kleine bekloppte Wesen gibt, die mit einer Fliegenklatsche Schweineställe heimsuchen, um dort Fliegen platt zu machen. Ein Pony würde das nicht verstehen. Niemand versteht das. Außer er ist so bekloppt wie mein kleiner Bruder. Ich muss drei Äpfel, vier Müsliriegel und meine ganze Notreserve an Schokonüssen rausrücken, bis das Pony so ruhig wird, dass ich mich auf seinen Rücken setzen kann.

Kaum habe ich es mir da bequem gemacht, schleicht sich Malte von hinten an. Er hat noch eine Fliege entdeckt. Wahrscheinlich die letzte auf dem ganzen Hof. Dummerweise sitzt sie für mich sehr ungünstig. Genau da, wo das Pony keinen Spaß versteht. Auf seiner Hinterbacke. Malte hat Spaß und zwirbelt die Fliegenklatsche genau mitten drauf. Kleine Walze feuert erst rückwärts aus und prescht dann vorwärts los. Ich bin total überrumpelt. Es geht alles so schnell, dass ich nicht mal dazu komme, abzuspringen. Im letzten Moment schaffe ich es, mich in die Mähne zu krallen, dann geht die Post ab.

Nie im Leben hätte ich gedacht, dass ein so riesiger Bauch mit vier kurzen Beinen derart beschleunigen kann. Ich komme mir vor wie bei einem Raketenstart. Rechts und links fliegen die Häuser und Bäume nur so an mir vorbei. Dann rast der Misthaufen auf mich zu.

In einem irren Tempo wird er immer größer. Eine Wand aus Stroh und Kuhkacke ragt plötzlich vor mir in den Himmel. Im letzten Moment biegt das Pony ab, schießt haarscharf am Misthaufen vorüber und galoppiert durch das Hoftor auf die Dorfstraße hinaus.

„Brrr! Du musst Brrr sagen, Edgar, dann bleibt es stehen!“, ruft Papa mir hinterher.

Als ob ich nicht wüsste, wie man ein Pferd anhält. Aber ich kann nicht einfach Brrr, sagen. Ich habe ein Schweigegelübde abgelegt. Und ich habe nicht vor, es zu brechen. Immer wenn ich das Gelübde gebrochen habe, ist etwas schiefgegangen. Diesmal nicht! Lieber lasse ich mich von dem Pony bis in die Wüste Gobi tragen.

Aber so weit will das Pony dann doch nicht. Es stoppt an einem schmucken Bauernhaus. Schmuck ist das Haus, weil an den Fenstern Blumenkästen angebracht sind. Die Kästen sind voller leuchtend bunter Blumen. Das gefällt auch dem Pony. Es hat Blumen zum Fressen gern und raspelt einen Kasten nach dem anderen leer. Bis plötzlich über mir ein Fenster aufklappt und eine Stimme kreischt: „Hilfe, Blumendiebe! Was fällt euch ein? Euch werd’ ich’s zeigen!“

Arschkarte! Gleich darauf kommt ein Riesenschwapp Wasser von oben und spült mich fast vom Pony.

Im nächsten Moment bin ich so tropfnass, als wäre ich gerade durch einen Wasserfall geritten.

Das Pony lässt sich von der Dusche nicht stören und mäht weiter seelenruhig die Blumen ab. Mich dagegen stört es gewaltig, wenn mir jemand einen Eimer Wasser auf den Kopf gießt. Das kann ich gar nicht leiden. Da bin ich irgendwie allergisch. Da bekomme ich Wut im Bauch. Und wenn man Wut im

Bauch hat, muss man die schleunigst wieder rauslassen.

Sonst steigt sie in den Kopf, vernebelt das Gehirn und plötzlich weiß man nicht mehr, was man tut. Bernds Onkel hat erzählt, in der Klapsmühle kommen die durchgeknallten Typen in eine Gummizelle. Dort können sie sich dann austoben bis sie wieder zu braven Lämmlein geworden sind.

Außerhalb von Klapsmühlen ist das leider nicht so einfach. Da sind Gummizellen Mangelware. Deshalb muss man sich etwas anderes einfallen lassen. Papa sagt immer, wenn einen etwas stört, sollte man es ansprechen. Dann verfliegt die Wut und es geht einem gleich viel besser. Reden ist die beste Methode, einen Konflikt zu lösen.

Also gut. Dann pfeif' ich eben mal kurz auf mein Schweigegelübde und sage jetzt mal deutlich, was ich von der Dusche halte. Weil die Person über mir aber immer noch mächtig schimpft und kreischt, muss ich ein bisschen lauter sprechen, damit sie mich auch hören kann. Also hole ich tief Luft, lege meinen Kopf in den Nacken und brülle wie ein Stier nach oben:

„Wenn Schotten hartgesotten,
durch finstre Grotten trotten,
in flotten Botten und Sportklamotten,
sich mit Hottentotten zusammenrotten,
dann geht's gegen die Karottenmotten.“

Augenblicklich herrscht über mir Funkstille. Papa hat Recht, Konflikte lassen sich tatsächlich durch Reden beseitigen. Bloß besser geht's mir jetzt dadurch auch nicht. Meine Wut ist zwar verraucht, aber dafür bin ich wieder mal bis auf die Knochen blamiert.

Arschkarte Nummer 6

Ein wichtiges Ereignis im Lehrplan unserer Schule ist unser alljährliches Schulsportfest. Direktor Kittel bezeichnet es bei seinen Eröffnungsreden regelmäßig als „einen Höhepunkt im Leben eines jeden Schülers“. Für die meisten von uns Schülern ist es aber eher ein Tiefpunkt. Deshalb wird es nicht selten auch als „Schulspottfest“ bezeichnet. Diejenigen, die so spotten, das sind die Athleten. Die anderen, die den Spott abkriegen, das sind die Pfeifen. Die Einteilung hat unser Sportlehrer Triller vorgenommen um uns alle zu motivieren.

Offiziell aber gilt der Olympische Gedanke: Dabeisein ist alles. Inoffiziell bewegt uns noch ein zweiter Gedanke: Der Letzte kriegt die Arschkarte. Der Besitzer der Arschkarte muss bis zum nächsten Sportfest unserem Sportlehrer die Tasche vom Sekretariat zur Turnhalle und zurück tragen. Außerdem muss er aufpassen, dass niemand mit Straßenschuhen in die Halle latscht und dass jeder seinen Kaugummi vorm Sportunterricht in den Papierkorb und nicht auf den Hallenboden spuckt. Denn das Parkett ist nicht als Ablage für klebrige Kaupfropfen sondern als Unterlage für die Körperertüchtigung gedacht.

Diese Predigt bekommen wir vom Triller regelmäßig zweimal pro Woche zu hören. So oft haben wir nämlich Sportunterricht. Wenn es nach unserem Sportlehrer gehen würde, hätten wir jeden Tag Sportunterricht. Er vertritt die Überzeugung, Sport ist eine

Wohltat und ein Energiespender für Körper und Geist.

Sport lädt unsere Batterien wieder auf und wer aufgeladene Batterien hat, der hat auch immer ausreichend Licht in der Birne. Dagegen meint Pfannkuchen-Rosi, dass das nicht stimmt und dass sie selbst der beste Beweis dafür ist. Nach dem Sportunterricht ist sie jedes Mal so fertig, dass sie kaum noch einen klaren

Gedanken fassen kann. Das Einzige was ihr bisher immer geholfen hat, sind Pfannkuchen. Die polstern den Körper von Innen und machen ihn unempfindlich gegen äußere Einflüsse, wie beispielsweise Kälte oder scharf geschossene Bälle. So was prallt an ihm einfach ab. Und für den Kopf liefern Pfannkuchen den nötigen Zucker. Den braucht unser Gehirn nämlich zum Denken. Wenn man sich aber zuviel bewegt, reicht der Zucker nicht aus, weil unsere Muskeln auch Zucker verbrauchen. Womit bewiesen wäre, dass man am besten Denken kann, wenn man sich am wenigsten bewegt und dass die Ansicht vom Triller Blödsinn ist. Aus diesem Grund findet Rosi unser Schulsportfest idiotisch und lehnt es rundweg ab. Genau wie Rudi. Obwohl Rudi keine Probleme mit seiner Beweglichkeit hat und bei unserem Sportlehrer Triller als Athlet gilt, mag Rudi das Sportfest überhaupt nicht. Weil es ein Fest der Leichtathleten ist und er kurze Beine hat. Rudi ist der Meinung, Leichtathletik ist ungerecht. Besonders die Disziplin Laufen. Rudi sagt, wenn Bernd einen Schritt macht, muss er immer zwei Schritte tun. Somit muss er also jedes Mal die doppelte Strecke rennen wie Bernd und das findet Rudi unfair. Auch mit Hochsprung steht Rudi auf Kriegsfuss. Er will einfach nicht einsehen, dass Hochsprung nichts mit Bockspringen zu tun hat. Vor jedem Sprung mault er rum, wieso er kein Sprungbrett benutzen darf, wo ihm doch die Sprunglatte schon bis zur Stirn geht, während sie bei den meisten von uns gerade mal den Bauchnabel erreicht. Am liebsten würde Rudi jedes Jahr zum Schulsportfest krank machen. Aber das geht nicht. Weil der Triller uns vorher regelmäßig droht, wer sich vorm Sportfest krank meldet, der wird sich nach dem Sportfest ärgern, nicht gestorben zu sein. Den dreht er durch die Mangel, dass ihm Hören und Sehen vergeht. Drückeberger kann der Triller nämlich überhaupt nicht leiden. Ein Drückeberger ist bei ihm die Summe aus einem Weichei und einer Memme. Und sowas duldet er nicht. Er will, dass wir Durchbeißer werden und dass wir uns unseren Aufgaben stellen und sie aus dem Weg räumen. Nichts soll uns aufhalten. Der Triller sagt, ein echter Durchbeißer stürmt voran und walzt alle Hindernisse nieder. Wie ein Bulldozer. Oder wie Pfannkuchen-Rosi, wenn sie die Kontrolle über ihren Rodelschlitten verloren hat. Das hat der Triller zwar nicht gesagt, aber wenn Rosi mit ihrem Schlitten einmal in Fahrt geraten ist, gibt es auch nichts, was sie noch aufhalten kann. Aber zurück zum Sportfest.

Wie in jedem Jahr beginnt es auch diesmal wieder mit einem Fahnenappell. Die Olympische Flagge wird gehisst und unsere Musiklehrerin Frau Schrei quetscht dazu schrille Töne durch eine Fanfare. Wir stehen mit versteinerten Gesichtern um den Appellplatz aufgereiht und freuen uns insgeheim, dass unsere Musiklehrerin uns heute nichts vorsingen wird und wir nur dieses Fanfarengetröte aushalten müssen. Ein Schüler aus der zehnten Klasse zieht die Flagge am Mast empor, was ein weiterer Grund zur Freude ist. Denn hätte der Triller wieder Rudi dafür ausgewählt, hätte das Flaggehissen wegen Rudis kurzer

Arme doppelt so lange gedauert und Frau Schrei hätte uns die doppelter Zeit mit der Fanfare gefoltert.

Als nächstes hält Direktor Kittel seine Eröffnungsrede. Wie immer beginnt er mit: „Liebe Schüler, gestattet mir noch rasch ein paar wenige Worte des Ansporns." Und wie jedes Mal werden wir dann statt mit ein paar wenigen mit einer Unmenge von Wörtern angespornt. Unser Direktor ist kein Mann von kurzen Sätzen und wenn er einmal ins Reden kommt, hört er so schnell nicht wieder auf. Jedenfalls kann ich mich an keine Rede von ihm erinnern, die kürzer als fünfundvierzig Minuten gedauert hätte. Eine Unterrichtsstunde ist das Mindeste, was man einplanen sollte, wenn unser Direktor ans Rednerpult tritt. Manchmal braucht er noch etwas länger, nämlich dann, wenn er erst noch „etwas weiter ausholen" muss. Diesmal holt er bis zum Ursprung der Olympischen Spiele aus, die vor etwa dreitausend Jahren begannen. Als er es verkündet, zieht sogleich ein Stöhnen durch unsere Reihen. Was verständlich ist, wenn man bedenkt, dass er bei seinem letzten Auftritt sechzig Minuten lang unser Schulfest ausgewertet hat und das war noch nicht mal einen halben Tag alt!

Die Griechen haben die Olympischen Spiele erfunden, lernen wir. Außerdem, dass es eine Ehre und eine Freude für jeden war, daran teilzunehmen. Ich wette, hätten die Griechen schon damals einen wie unseren Direktor am Rednerpult erlebt, hätten sie das Ganze bestimmt gleich wieder abgeblasen. Aber so haben sie weitergemacht und wir sind heute die Leidtragenden. Irgendwann kommt Direktor Kittel schließlich doch zum Ende. Offenbar hat er 2999 Jahre, 364 Tage, 23 Stunden und 15 Minuten der Geschichte der Olympischen Spiele weggelassen, denn erstaunlicherweise ist jetzt immer noch derselbe Tag, bloß fünfundvierzig Minuten später. Vielleicht ist Frau Schrei Schuld, dass der Kittel jetzt so unverhofft Schluss macht. Sie trötet mit einemmal in ihre Fanfare, dass wir Zähneklappern und Gänschaut kriegen. Aber das ist immer noch besser als ein Vortrag über 3000 Jahre Olympische Spiele durch den Kittel. Jetzt müssen wir bloß noch die Rede des Schülervertreters überstehen und die Nationalhymne singen. Dann haben wir die Formalitäten hinter uns gebracht und können den Wettbewerben in freudiger Erwartung entgegensehen.

Vertreten werden wir Schüler durch den Schulsprecher. Unser Schulsprecher ist der Junge am Fahnenmast. Außerdem ist er auch noch Handballtorwart in unserer Schülerauswahl. Deshalb gehört er als Sportskanone automatisch in die Kategorie der Athleten und wir hätten jetzt bestimmt eine kämpferische und feurige Rede zu hören bekommen, wenn er nicht bei einem Handballturnier zwei Tage vorher einen Granatenschlagwurf mit dem Gesicht abgewehrt hätte. Nun hat er geschwollene Lippen und Sprechverbot. Unser stellvertretender Schulsprecher ist die Heidelbeere. Eigentlich bekleidet man an unserer Schule erst ab der neunten Klasse ein solch verantwortungsvolles Amt. Aber weil die Heidelbeere in einer Person Klassensprecherin, „Jahrgangsbeste“,

„Lesekönig", „Matheass" und „Goldenes Kehlchen" ist, hat sie unsere Lehrerschaft für würdig befunden.

Und auch wir Schüler sind froh, dass der Posten an ihr hängengeblieben ist. Weil er nichts einbringt außer „Ruhm und Ehre" und einen lobenden Eintrag in unsere Schulchronik. Bernd meint, eine Garantie für gute Noten oder ein paar zusätzliche Ferientage oder auch bloß mal die Lösungen für die eine oder andere Leistungskontrolle im Voraus wären viel motivierender. Aber das ist an unserer Schule nicht drin. Da beißen wir bei den Lehrern auf Granit. Einzig die Heidelbeere findet das völlig in Ordnung so. Sie sagt, es gäbe schon genügend Faultiere an unserer Schule und man müsse nicht noch mehr hinzuzüchten.

Wen genau sie mit „Faultiere" meint, hat sie aber nicht gesagt. Da können wir nur spekulieren. Ich persönlich tippe auf Hannibal und Meerschweinchen-Klara. Hannibal, weil er vor Leistungskontrollen nie lernt und ich ihm dauernd helfen muss. Das geht, weil ich ja an der Quelle sitze und von der Heidelbeere alles abschreiben kann. Und Meerschweinchen-Klara, die ist wirklich faul. Oder wie soll man jemanden nennen, der auf dem Bolzplatz dem Ball nachschleicht wie eine Schildkröte mit Plattfuß? Die Heidelbeere ist zwar auch keine Perle im Fußball, aber in allem anderen ist sie unser Vorbild. Darin sind sich fast alle Lehrer einig. Bloß der Triller hat eine andere Meinung. Für ihn ist die Heidelbeere sportlich gesehen die Oberpfeife der ganzen Schule. Doch weil Sport wenig mit Sprechen zu tun hat, ist die Heidelbeere trotzdem stellvertretende Schulsprecherin geworden. Und ihrem Amt gemäß, müsste sie jetzt eigentlich am Rednerpult unseren Dicklippenschülersprecher aus der Zehnten vertreten. Aber die Heidelbeere hat plötzlich über Nacht eine Angina bekommen und kriegt nun auch kein Wort mehr raus.

Wie schön! Dann streichen wir diesen Programmpunkt einfach und beginnen am besten gleich mit den Wettkämpfen – sollte man jetzt meinen. Aber nicht so an unserer Schule. Wenn hier etwas geplant ist, dann wird es auch durchgeführt. Hundertprozentig! Und wenn als Nächstes „Rede des Schülersprechers" auf dem Plan steht, dann hat die Rede gefälligst auch stattzufinden, selbst wenn es gleich Kuhfladen regnen sollte.

Die bleiben zwar jetzt aus, dafür steht Fräulein Lieblich plötzlich vor mir und lächelt mich auffordernd an: „Edgar, du bist jetzt dran. Du bist doch der Stellvertreter von Heidrun-Beatrice, wenn ich mich nicht irre."

Mist! Stimmt, ich bin ja der Ersatz für die Heidelbeere! Ich bin die Vertretung für die Vertretung. Fräulein Lieblich hat mich neulich dazu verdonnert. Weil ich in letzter Zeit angeblich so sensationelle rhetorische Fähigkeiten entwickelt habe. Dabei ist ja nur das Quasselmonster an allem Schuld. Es plappert mir die Ohren voll und ich plappere es nach. Sensationell würde ich das nicht gerade nennen. Eher nervig. Denn meistens bringt mir das bloß einen gewaltigen Haufen Ärger ein. Genau wie jetzt. Ich schlurfe zum Rednerpult und habe keinen Schimmer, was ich nun eigentlich sagen soll. Neben mir taucht Fräulein

Lieblich auf und drückt mir einen Zettel und einen Bleistift in die Hand, für den Fall, dass ich mir noch rasch ein paar Notizen machen möchte. Dann stehe ich auch schon hinterm Rednerpult und überprüfe noch einmal das Gekritzel auf meinem Zettel. Da ich ein Genie bin, habe ich es im allerletzten Moment doch noch geschafft, eine Rede zu schreiben. Sie ist kurz aber beinhaltet trotzdem alles Wesentliche. An mir kann sich unser Direktor echt ein Beispiel nehmen. Auf meinem Zettel steht in großen Blockbuchstaben: SPORT FREI!

Ich räuspere mich ausgiebig ins Mikrofon und genieße das erhebende Gefühl, als sich alle Augenpaare erwartungsvoll auf mich richten. Langsam, ganz langsam hebe ich meinen Blick und lasse ihn in die Ferne schweifen. Die Spannung wächst. Kein Laut ist mehr zuhören. Es ist, als ob jetzt das ganze Universum wegen mir die Luft anhält. Wem in so einem Moment sein Schweigegelübde einfällt, der ist selber schuld. Mir jedenfalls nicht. Ich hole noch einmal tief Luft, dann durchbricht meine Stimme die Stille und meine Botschaft schallt hell und klar aus den Lautsprecherboxen über den Appellplatz:

„Die oberkrasse Schnabeltasse
goss Tee in eine Ladenkasse.
und kreischte wild vergnügt.

Die ehrenwerte Ladenkasse
schrie: Durchgeknallte Schnabeltasse,
groß' Leid hast du mir zugefügt!

Ich armes Ding! Hast du 'ne Macke?
Wie kommst du denn auf so 'ne Kacke?
Das nächste Mal, da bitt' ich drum,
servier' den Tee nicht ohne Rum!"

Danach bekomme ich tosenden Beifall. Alle johlen als hätte ich sämtliche Schulrekorde gebrochen. Bloß Fräulein Lieblich guckt vergnatzt und kündigt mir auf der Stelle den Stellvertreterposten der Heidelbeere. Und Direktor Kittel bedankt sich für die „Clownsnummer des Tages“ mit einem „gepfefferten“ Elternbrief und schickt mich auf der Stelle nach Hause. Die einen kriegen Lachanfälle, die anderen schlechte Laune. Und ich kriege wieder mal die Arschkarte. Es ist jedes Mal dasselbe, sobald mir irgend so ein Mist rausrutscht.

Arschkarte Nummer 7

Heute muss ich zu einer Audienz. Nein, nicht zum Papst. Und auch nicht zu Direktor Kittel. Mit dem Papst würde ich mich gern mal treffen. Aber bei dem kriegt man so schnell keine Audienz. Da muss man sich vorher erst in eine Warteliste einschreiben. Und dann muss man die Daumen drücken, dass man möglichst noch in diesem Leben einen Termin bekommt, weil die Warteliste so schrecklich lang ist. Den Papst finden alle toll und jeder will ihn gern mal besuchen.

Mit unserem Direktor verhält sich das ganz anders. Da gibt es keine Wartelisten. Trotzdem will ihn niemand gern besuchen. Auch ich nicht. Das kommt daher, weil er sich nicht viel aus Audienzen macht. Er ist eher ein Freund von Standgerichten. Unser Direktor nennt es aber nicht so. Wenn er mit uns sprechen will, lädt er uns immer auf ein „Tänzchen“ ein. Das klingt erst mal ziemlich nett, ist aber in Wirklichkeit immer mit Ärger verbunden und das finden wir überhaupt nicht toll. Vor allem, weil der Ärger hinterher stets das Verhältnis zu unseren Eltern schwer belastet.

Zum Beispiel hat Pfannkuchen-Rosi mal eine Pfannkuchen-Diät verpasst bekommen, weil sie in Kunst unter der Aufgabenstellung: „Porträtiere einen Menschen“ einen Pfannkuchen gemalt und dann darunter geschrieben hat: Frau Schrei. Rosi hat sich zwar verteidigt, sie wüsste auch nicht wie das käme. Sie könne malen was sie wolle, am Ende sähe es immer wie ein Pfannkuchen aus. Aber Direktor Kittel hat das nicht gelten lassen. Er hat Rosi sofort auf ein „Tänzchen“ eingeladen und ihr erst einen Tadel ausgesprochen und zusätzlich ihrer Mutter noch einen Brief geschrieben. Daraufhin musste Rosi vier Wochen lang ohne Pfannkuchen auskommen. Überlebt hat sie die Tortur nur, weil sie so extrem willensstark ist, hat sie uns hinterher verraten. Und sie hat gesagt, dass man große Willensstärke nur durch eiserne Disziplin erwirbt und die muss man sich antrainieren. Pfannkuchen essen wäre dafür beispielsweise eine ideale Übung. Seitdem betrachten wir Rosi in einem ganz anderen Licht. Nun wissen wir, dass Rosi die Pfannkuchen nicht in sich hineinstopft, weil sie pfannkuchensüchtig ist, sondern weil sie mit ihnen trainiert und dadurch ihre Willenskraft stärkt.

Zu unseren Lehrern ist ihre starke Willenskraft aber noch nicht durchgedrungen. Besonders bemerkbar macht sich das im Sportunterricht. Unser Sportlehrer Triller kann bei Rosi überhaupt keine Willenskraft erkennen. Dabei gibt sie sich echt Mühe. Ein Paradebeispiel für ihren starken Willen ist der Felgaufschwung. Zwar müssen wir Jungs Rosi jedes Mal unterstützen und sie mit viel Mühe auf die Stange hieven, aber wäre Rosi nicht mit dieser gewaltigen Willenskraft ausgestattet, würde sie nicht mal das schaffen. Der Einzige der das noch nicht erkannt hat, ist der Triller. Er behauptet sogar, jeder Sandsack würde eleganter am Reck baumeln als Rosi.

Auch unser Direktor Kittel meckert gelegentlich an Rosis Willenskraft herum. Zum Beispiel, wenn Rosi mit Tafeldienst dran ist und statt die Tafel abzuwischen, lieber mit ihren Pfannkuchen trainiert. Dann wird er sauer und schwuppdiwupp hat Rosi wieder eine Einladung am Hals. Bei Direktor Kittel braucht man nie lange auf einen Termin zu warten. Das geht bei ihm ganz schnell. Es genügt, wenn man in irgendein Fettnäpfchen tritt und schon ist man dran.

Obwohl ich also diesmal nicht zu unserem Direktor muss, ist die Audienz die mir bevorsteht trotzdem genauso unerfreulich. Ich habe nämlich eine Privataudienz bei meinen Eltern bekommen. Und meistens läuft sowas wie bei Direktor Kittel ab: kurze Wartezeit und selten kommt etwas Gutes dabei heraus.

Auch diesmal ist es so. Kaum bin ich aus der Schule zurück, werde ins Wohnzimmer gebeten. Eigentlich werde ich ins Wohnzimmer gebellt, denn die Stimme von Papa klingt jetzt kurz und scharf wie das Bellen von einem Hund. Das Gebell zaubert ein schadenfrohes Grinsen auf das Gesicht meiner bekloppten Schwester. Die steht vor ihrer Zimmertür und macht jetzt etwas, was sie nur ganz selten tut: Sie nimmt ihr Handy vom Ohr. Sowas macht sie sonst nicht mal beim Essen oder Fahrradfahren. Bloß in absoluten Ausnahmefällen. Wenn der Akku von ihrem Handy leer ist beispielsweise. Oder wie jetzt, wenn sie neuen sensationellen Gesprächsstoff wittert, mit dem sie gleich ihr Handy füttern kann. Ich wette, sobald ich im Wohnzimmer verschwunden bin, wird sie ihr Handyohr von außen an die Wohnzimmertür pressen und jedes Wort absaugen, das durch die Tür dringt. Und in Kürze weiß so ziemlich jeder in der Stadt, was in unserem Wohnzimmer so abgeht.

Als ich eintrete, sitzen Mama und Papa nebeneinander auf dem Sofa und sehen mich streng an. Dabei sitzen sie kerzengerade da, was den Ernst der Lage noch einmal besonders hervorhebt. Würden sie zurückgelehnt sitzen, wäre alles halb so wild. So finster, wie die beiden jetzt gucken, muss ich echt was Übles verbockt haben. Bloß was? Wovon haben sie Wind bekommen? Dass Rudi und ich es waren, die die Idee hatten, den neuen Akkurasierer von Rudis Vater an Klaras Meerschweinchen zu testen? Oder dass ich Malte gedroht habe, dem Weihnachtsmann in diesem Jahr ein noch viel längeres Gedicht aufzusagen, wenn er mich weiter so nervt? Oder haben sie etwa mitbekommen, dass ich ein Universalgenie bin und machen sich nun Gedanken wegen der zahlreichen Nobelpreise, die hier bald alle Wege versperren werden? Lange muss ich nicht rätseln. Papa knurrt, ich soll die Tür zumachen, weil die Nachbarn ihre Ohren an den Wänden haben und alles mithören und morgen weiß es dann die ganze Stadt. Und dann lässt er die Katze aus dem Sack und sagt: „Uns ist da eine

Beschwerde zu Ohren gekommen. Wieso kannst du nicht grüßen?" Papa ist der Bademeister in unserer Schwimmhalle und Mama arbeitet in einem Bäckerladen. Beide haben somit verantwortungsvolle Aufgaben und kommen mit vielen Menschen zusammen. Oder anders gesagt: Meine Eltern sind Persönlichkeiten des öffentlichen Lebens. Sie sind VIP's, very important people, sehr wichtige Leute. Sie sind quasi unersetzlich und jeder kennt sie. Und weil sie jeder kennt, kennt auch jeder ihre drei Kinder. Den kleinen bekloppten Malte, die große bekloppte Stella und mich, den genialen Edgar. Und deshalb müssen wir uns auch immer benehmen. Und zwar nicht daneben, sondern korrekt! Weil sonst ein schlechter Eindruck entsteht. Und dann machen Gerüchte die Runde die nicht stimmen und alle denken falsch über uns. Zum Beispiel Dinge wie: „Was ist das bloß für eine merkwürdige Familie? Die Eltern sind immer so nett und freundlich. Aber ihre Kinder – totale Versager. Zwei sind total bekloppt und einer kann nicht grüßen."

So ähnlich muss es jetzt meinen Eltern durch den Kopf gehen, während ich noch überlege, wie ich die Frage von Papa beantworten soll. Ich kann ihm ja wohl kaum sagen, dass ein Quasselmonster in meinem Ohr sitzt und mir dauernd irgendwelchen Quatsch vorsagt, den ich dann prompt nachplappere. Und dass ich keine Lust habe, immer die ulkige Nummer zu sein, wie neulich beim Sportfest, als das Quasselmonster wieder zugeschlagen hat und sich alle vor Lachen fast in die Hosen gemacht haben. Und dass ich mir deswegen vorgenommen habe, außerhalb unserer Wohnung bloß noch zu reden, wenn es absolut nötig ist und meinem Überleben dient. Grüße an die Nachbarn oder an andere Mitbürger zählen nicht dazu.

„Also? Wie lautet deine Antwort? Wir warten!“, sagt Papa und wartet. Mama sagt nichts. Und ich bin mir auch nicht sicher, ob sie überhaupt wartet. Sie mustert meinen Kopf von einem Ohr zum anderen und wieder zurück und sagt dann: „Edgar, du musst dringend zum Frisör. Du läufst ja rum wie ein Mädchen.“

Natürlich ist das Blödsinn. Schon deshalb, weil Mädchen gar keinen einheitlichen Haarschnitt haben. Da braucht man sich bloß mal in unserer Klasse umzusehen. Da stößt man gleich auf mehrere Beispiele. Bei der Heidelbeere hängen die Haare bis über die Schultern. Meerschweinchen-Klara trägt dieselbe Frisur wie ihre Kurzhaarmeerschweinchen. Und Rosi bevorzugt Topfschnitt mit Zöpfen. Kein Mädchen läuft wie das andere herum. Und meine Haare sehen wieder ganz anders aus und sowieso nie gleich. Mal so, mal so. Das hängt immer davon ab, wie ich nachts im Bett gelegen habe. Im Grunde habe ich gar keine Frisur. Deshalb leuchtet mir jetzt auch nicht ein, wozu ich einen Frisör besuchen soll, wenn ich doch gar keine Frisur trage. Aber mit Mama kann man darüber nicht reden. Bei diesem Thema ist sie stur wie ein Esel. Sobald die Ränder meiner Ohrläppchen auch nur das kleinste Bisschen von meiner Nichtfrisur berührt werden, muss ich sofort zum Frisör, weil ich sonst wie ein Mädchen rumlaufe. Da brauche ich gar nicht rumzudiskutieren. Das bringt nichts. Außer, dass Mama dann meistens auch noch anfängt, sich für meine Fingernägel oder den Reinheitsgrad von meinem Hals zu interessieren. Also sage ich jetzt besser nichts dazu.

Aber Mama hört nicht auf, mich mit ihrem Kontrollblick abzuscannen. Und plötzlich macht sie große Augen und sagt: „Edgar, du hast ja faustgroße Löcher in den Socken. Schämst du dich nicht, so herumzulaufen? Wieso hast du die widerlichen Dinger nicht längst weggeworfen?"

Nun könnte ich antworten: Nein, wieso sollte ich mich schämen? Das sind meine Lieblingssocken. Die trägt auch Bruno Barrikade, der beste Torhüter der Welt. Solche Socken wirft man nicht einfach weg. Die trägt man bis sie von selber von den Füßen fallen. Und dann spannt man sie über einen Rahmen und hängt sie sich in seiner Fan-Ecke an die Wand. So was ist Kult. Doch Mama versteht leider nichts von Bruno Barrikade und Fankultur. Darum sehe ich gelangweilt aus dem Fenster und tue so, als hätte ich nichts gehört.

„Wenn du nicht auf der Stelle andere Socken anziehst, passiert ein Unglück! Das ist mein heiliger Ernst!“, schimpft sie daraufhin und funkelt mich drohend an. Wenn Mama so guckt, geht man ihr besser aus dem Weg. Ich trete also sofort Rückzug an. Dabei höre ich Papa hinter meinem Rücken zischen: „Vielen Dank, damit hast du den Jungen ja gerade wunderbar aus der Schusslinie genommen.“ Und Mama zischt zurück: „Mir ist es jedenfalls nicht einerlei, ob unser Sohn zerlumpt umherläuft!“ Dann schlägt die Wohnzimmertür hinter mir zu und ich kann aufatmen. Die Audienz ist vorbei.

Stella steht im Flur und stiert mich finster an. Wie es scheint ist sie enttäuscht, weil es für mich so super gelaufen ist. Jetzt kann sie ihr Handy doch nicht mit spektakulären Peinlichkeiten über mich füttern. Allerhöchstens mit der Neuigkeit, dass ich Socken mit Löchern trage. Aber das ist nicht weiter peinlich. Schließlich sind das Bruno-Barrikade-Socken. Ich setze mein breitestes Ätsch-Bätsch-Grinsen auf, doch damit ich mich nicht zu sehr freue, ruft mir Papa aus dem Wohnzimmer nach, dass ich gefälligst ab sofort wieder grüßen soll, sonst gibt's Ärger, und dass der Papierkorb in meinem Zimmer überquillt und er ist gespannt, was ich in den nächsten fünf Minuten zu tun gedenke, damit er sich keine Gedanken mehr darüber machen muss. Ich weiß genau, wie Papa das meint. Wenn ich nicht sofort meinen Papierkorb leere, kriege ich in fünf Minuten zu dieser Aufgabe noch so viele zusätzlich aufgebrummt, dass ich den Bolzplatz für heute vergessen kann. Deshalb schnappe ich meinen Papierkorb und schleppe ihn umgehend nach draußen zum Papiercontainer.

Auf dem Fußweg kommt mir Herr Miesepeter entgegen und blickt mich ganz komisch an. Als hätte ich ihm etwas versprochen. Und plötzlich weiß ich, wer mich da bei meinen Eltern angeschwärzt hat, weil ich nicht grüßen kann. Am liebsten hätte ich Herrn Miesepeter zum Dank dafür jetzt auch noch mit meinen Bruno-Barrikade-Socken geschockt. Aber erstens habe ich die mittlerweile in meiner Fan-Ecke verstaut und zweitens gilt immer noch: Edel ist, wer Edles tut! Deshalb nicke ich Herrn Miesepeter freundlich zu, vergesse mein Schweigegelübde mal für einen Moment und grüße diesmal höflich mit den Worten:

„Das Nashorn trägt sein Nashorn vorn,
denn hätt' es sein Horn hinten,
dann würd' man statt des Riechorgans,
den Arsch im Namen finden!"

Arschkarte! Herr Miesepeter schnappt nach Luft und glotzt mich an, als wäre ich gerade vom Mond gefallen oder aus einer Klapsmühle entsprungen. Ich schätze, in Kürze ist wieder eine Audienz bei meinen Eltern fällig.

Arschkarte Nummer 8

Kurz vor den Sommerferien wird uns von Fräulein Lieblich eine Überraschung angekündigt. Normalerweise beschränken sich Überraschungen um diese Zeit immer auf die Zeugnisausgabe am letzten Schultag. Die meistens von uns sind jedes Mal aufs Neue überrascht, wenn sie ihre Zensuren sehen. Immer ist es derselbe schockierende Anblick. Sogar die Heidelbeere ist regelmäßig unzufrieden. Weil ihr der Triller in Sport keine Eins gibt. Sonst hat sie alles Einsen. Aber in Sport bringt sie es bloß auf eine Drei. Darüber regt sie sich jedes Mal mächtig auf. Ich an ihrer Stelle wäre ganz ruhig. Mit einer Drei ist sie noch super bedient. Denn Drei heißt immerhin „Befriedigend“ und davon kann eigentlich nicht die Rede sein, wenn man sich beim Keulenschwung mit seinem Sportgerät fast die Knie zertrümmert oder die Kletterstange nicht mal einen Armzug hinauf schafft.

Die diesjährige außerplanmäßige Überraschung beginnt damit, dass gleich nach Fräulein Lieblich auch noch Direktor Kittel in unser Klassenzimmer rauscht. Normalerweise bedeutet schon ein Lehrer im Klassenzimmer mehr Stress, als für uns Schüler gut ist. Wenn aber Lehrer im Doppelpack auftreten, dann wird es kritisch. Wir sind mucksmäuschenstill und aufs Schlimmste gefasst. Doch dann erzählt uns Fräulein Lieblich, dass unsere Schule für eine neueröffnete Attraktion Freikarten bekommen hat, und wer errät, worum es sich dabei handelt, darf mit hinfahren. Und damit es nicht so schwer wird, zeichnet Direktor Kittel die Attraktion an die Tafel.

Nun können wir sehen, warum unser Kittel ein Direktor und kein Zeichenlehrer geworden ist. Hinter mir staunt Hannibal, dass er bisher noch gar nicht wusste, dass bei uns eine Stierkampfarena aufgemacht hat. Meerschweinchen-Klara dagegen tippt bei dem Gebilde auf ein neues Kaufhaus und Rudi ist felsenfest davon überzeugt, dass das Ding nur ein Heizkraftwerk sein kann. Weitere Vorschläge sind: ein Busbahnhof, ein Schweinestall mit Panoramafenstern, eine neues Parkhaus, eine Schiffswerft, ein Toilettenhäuschen und eine Sprungschanze.

Hektisch kritzelt Direktor Kittel etwas hinzu oder wischt etwas anderes wieder weg und glaubt, er könne dadurch das Chaos auf der Tafel doch noch irgendwie in ein Bild verwandeln.

Als Bernd dann auch noch sagt, es könne sich hierbei nur um eine Sternwarte – inklusive Ufo-Landeplatz – handeln, gibt er auf.

Entnervt wirft er die Kreide zurück in den Kreidekasten. Dabei brummelt er, was wir doch für eine phantasielose Klasse wären, und Fräulein Lieblich verrät uns endlich, was Direktor Kittel an unsere Tafel gemalt hat: die neue Skihalle nämlich! Und obwohl es keiner erraten hat, dürfen wir alle mit, weil wir unserem Direktor die Freude gemacht haben, so schön mitzuraten.

Die Skihalle ist klasse. Draußen heizt die Sonne unseren Badesee auf, aber hier drinnen herrscht schönstes Winterwetter. Ohne klirrenden Eiswind oder Schneegestöber. Man muss sich auch nicht qualvoll den Hang hochschleppen sondern wird in Gondeln zum Pistenanfang bugsiert. Und für den Magen gibt es auch eine gute Nachricht. Ein Restaurant bietet großartiges Essen an. Von Pommes frites über Hamburger bis zu Windbeuteln ist alles dabei, was ein Wintersportler so braucht. Es ist wirklich toll hier. Für jemanden der Skifahren kann. Für jemanden der Skier bisher nur aus dem Sportabteil im Kaufhaus kennt, bildet dieser Ort eher eine Gefahr. Dieser Jemand bin ich. Eigentlich wollte ich mir einen Schlitten ausleihen. Doch Hannibal hat gegrinst und gesagt, da müsse ich schon in eine Schlittenhalle gehen. Das hier sei nun mal eine Skihalle. Und damit hatte sich das Thema wieder erledigt.

Bevor es richtig losgehen kann, müssen wir zuerst die „Wie benehme ich mich richtig in einer Skihalle – Belehrung" über uns ergehen lassen. Sie hat unglaublich viele Regeln, aber wir lassen uns nichts anmerken. Wir nicken fleißig zu jeder Regel und stellen keine unnötigen Fragen. Das würde die Prozedur nur noch verlängern und wir sind ja nicht zum Kopfnicken hier sondern zum Skifahren. Nach ungefähr tausendmal Kopfnicken haben wir es geschafft und werden auf die Piste losgelassen. Aber fahren dürfen wir noch nicht. Alle müssen oben warten. Dort erhalten wir als nächstes die „Wie verhalte ich mich richtig auf einer Skipiste – Belehrung". Eigentlich habe ich damit gerechnet, dass nun auch noch die „Wie verhalte ich mich richtig mit Skiausrüstung auf einer Toilette – Belehrung" kommt. Denn das ist mir immer noch ein großes Rätsel. Aber darauf verzichtet Fräulein Lieblich jetzt. Stattdessen fragt sie, wer von uns noch nie Ski gefahren ist und ob sich vielleicht jemand diesem Hang nicht gewachsen fühlt. Ich natürlich. Bloß kann ich das jetzt nicht sagen. Mir ist gerade mein Gelübde wieder eingefallen. Ich habe ja geschworen, zu schweigen! Deshalb bin ich jetzt ganz still und Fräulein Lieblich gibt die Piste für uns frei. Alle jagen los als hätte Fräulein Lieblich die Parole ausgegeben: Wer zuerst unten ist, darf das nächste Schuljahr zu Hause bleiben.

Wie sich jemand freiwillig in einem Affenzahn auf zwei schmalen rutschigen Brettern einen steilen Hang hinabstürzen kann, ist mir schleierhaft. Ich meine, wenn man die Herausforderung sucht, gibt es andere Möglichkeiten. Zum Beispiel Fußballspielen mit unseren Mädchen. Oder der Heidelbeere beim Keulenschwingen zusehen. Das ist genauso aufregend, aber man hat wenigstens eine Überlebenschance. Hier gibt es die nicht. Jedenfalls nicht für mich. Wenn ich so fahren könnte wie die Heidelbeere vielleicht. Man sieht gleich, dass sie mit ihren Eltern jedes Jahr in den Skiurlaub fährt. Sie gleitet mit eleganten Schwüngen über die Piste und tut so, als ob Skifahren die leichteste Übung auf der Welt wäre. Ein Stück neben ihr prescht Pfannkuchen-Rosi nach unten. Rosi bevorzugt einen anderen Fahrstil als die Heidelbeere. Sie donnert wie eine Lawine auf dem kürzesten Weg über die Piste und räumt alles ab, was ihr in die Quere kommt. Unten am Pistenauslauf löst sie bereits eine Massenpanik aus. Jeder drängt zur Seite und macht Rosi Platz. Aber Rosi reist im letzten Moment die Ski herum. Eine Schneefontäne schießt vor ihr hoch, dann ist die Vollbremsung perfekt. Alle atmen auf und schimpfen wütend. Rosi dagegen grinst und kann die Aufregung gar nicht verstehen.

Bernd und Rudi warten auf der Mitte vom Hang auf mich und wollen wissen, wieso ich immer noch hier oben rumstehe und ob meine Ski festgefroren sind oder ob ich vielleicht bloß wegen der schönen Aussicht gekommen bin. Am liebsten möchte ich zurückrufen, dass sie ihre Klappen halten sollen und dass sie keine Ahnung hätten, sonst wüssten sie, dass die meisten Skiunfälle nur deshalb passieren, weil zu viele Leute auf der Piste rumgurken und dass man am gesündesten fährt, wenn die Piste frei ist. Ich bin nämlich kein Kamikaze. Aber das kann ich ihnen jetzt alles nicht sagen, sondern muss es für mich behalten. Ich habe ja beschlossen zu schweigen. Darum tue ich so, als hätte ich sie nicht gehört und fummle an meiner Skibindung herum. Das bringt mir Zeit zum Nachdenken. Doch bevor mir etwas einfällt, das mich aus dem Schlamassel retten kann, kommt Hannibal von hinten angefahren. Er jodelt ausgelassen, gibt mir einen kräftigen Schlag auf den Rücken und fegt davon. Arschkarte! Wie von Geisterhand setzen sich meine Ski in Bewegung und folgen ihm.

Bis eben hatte ich noch gedacht, ich hätte ein Problem. Jetzt kommt mir das wie ein Witz vor. Was hier gerade passiert, das ist ein wirkliches Problem! Zwei Skier haben mich gekidnappt und gleiten mit mir immer schneller den Hang hinab. Plötzlich taucht direkt vor mir ein fieser Schneebuckel auf. Hannibals Skier sind daran vorbeigefahren. Meine denken gar nicht dran. Sie brettern über den Buckel. Ich schieße erst nach oben, dann donnere ich zurück auf die Piste. Natürlich mit dem Gesicht voran.

Den restlichen Weg lege ich gekonnt auf dem Bauch zurück. Als ich unten ankomme, sehe ich aus wie ein Schneewalze und mein rechtes Knie tut höllisch weh. Aber sonst geht's mir prima. Echt! Wenigstens habe ich mich diesmal nicht wieder durch irgendeinen bekloppten Spruch zum Deppen gemacht.

Arschkarte Nummer 9

Im Sommer ist es schön. Aus mehreren Gründen. Erstens sind da Ferien und ich muss nicht jeden Tag die Heidelbeere aushalten. Zweitens ist es warm und ich kann im T-Shirt rumlaufen. Drittens zeltet Stella dann immer an einem Badesee und kann mir deswegen hier nicht auf den Wecker fallen. Sie ist dort als Rettungsschwimmer angestellt. Wieso sie da einarmige Rettungsschwimmer nehmen ist mir bis heute ein Rätsel. Aber ich will nicht rummeckern. Von mir aus kann Stella mit ihrem Handy am Ohr durchs Wasser pflügen wie sie will. Hauptsache, sie nervt hier nicht rum.

Sommer ist auch schön, weil es bei uns dann oft Grillwürstchen zu essen gibt. Papa macht das Grillen Spaß und uns macht das Essen Spaß. So hat jeder was davon. Der Höhepunkt unseres Grillsommers ist immer der 12. August. Da ist Sternschnuppennacht. In dieser Nacht regnet es besonders viele Sternschnuppen. Dann breiten wir eine Decke auf der Wiese aus, legen uns drauf und gucken in den Himmel. Aber vorher gibt es erst mal ordentlich was zu Essen. Grillwürstchen. Mama kauft immer gleich ein paar Kilo davon. Weil Papa gern grillt und weil wir sie gern essen.

Doch in diesem Jahr haben wir einen Zwischenfall. Gerade hat Papa den Grill angezündet und die Würstchen draufgelegt, da klingelt das Telefon. Mama ist dran. Sie ist ziemlich aufgeregt und sagt, dass ihr irgend so ein Vollidiot ins Auto geknallt ist und dass sie nun nicht mehr weiterfahren kann. Papa wird gleich ganz blass im Gesicht und murmelt: „Hoffentlich ist das kein größerer Blechschaden!“ Papa sorgt sich immer sehr um unser Auto. Besonders wenn Mama damit fährt.

Papa knallt die Würstchenzange auf den Tisch, schnappt sein Fahrrad und sagt, dass er gleich wieder da ist, und dass ich solange auf Malte und das Feuer aufpassen soll. Dann tritt er in die Pedalen und lässt mich einfach auf der Terrasse sitzen.

Toll! Genauso gut hätte er jetzt sagen können, ich soll eine Runde ums Haus fliegen und mich dann auf den Schornstein hocken. Wie soll ich denn aufpassen, wenn ich bis zum Hals gelähmt bin? Na ja, zumindest mein rechtes Knie ist eingegipst. Skihallen sind für mich ab sofort gestorben. Doktor Heilfroh hat gesagt, ich hätte großes Glück gehabt. Es hätte auch schlimmer ausgehen können. Aber ich glaube jetzt nicht, dass es noch schlimmer geht. Wenn man mit einem eingegipsten Knie in einem Korbsessel festhängt und dabei seinen kleinen bekloppten Bruder und ein Feuer gleichzeitig hüten soll, ist das die Hölle. Malte kommt angesaust und ruft: „Nicht umdrehen! Rate, wen ich mitgebracht habe!“ Hinter mir hechelt etwas. Ich überlege kurz, ob es vielleicht Daniel-Cedric sein könnte, entscheide mich dann aber doch für einen Hund. Damit liege ich fast richtig. Es ist eine Mischung aus einer Kuh und einem Hund. Es ist Pfiffi, der Bernhardiner aus Pfannkuchen-Rosis Nachbarschaft. Er klappert wieder mal alle Grundstücke in der Straße nach Fressbarem ab. Malte findet es toll, dass wir Hundebesuch haben und will mit Pfiffi Stöckchenholen spielen. Weil Malte kein Stöckchen findet, nimmt er ein Würstchen vom Grill und wirft es auf die Wiese. Pfiffi stürzt dem Würstchen hinterher. Schon steht er wieder mit leuchtenden Augen vor Malte und sabbert ihm die Schuhe voll. Mein kleiner Bruder erklärt ihm, dass er sein Stöckchen nicht aufessen darf, sondern es zurückbringen muss.

Dann bekommt Pfiffi eine zweite Chance. Die schmeckt ihm genauso wie die erste. Malte schimpft ihn aus und schmeißt das nächste Würstchen weg.

Schließlich ist der Grill leer und Pfiffi satt und glücklich.

Natürlich wäre ich sofort eingeschritten und hätte es verhindert, wenn ich gekonnt hätte. Aber zwei Dinge haben mich total ausgebremst. Mein Gipsbein und mein Schweigegelübde.

Weil ich nicht laufen kann und nichts sagen darf, ist es für mich unmöglich, Malte und seinen sabbernden Wurstvernichter aufzuhalten. Hoffentlich haben wir noch irgendwas anderes zum Brutzeln im Haus. Sonst fällt das Grillen heute aus und wir müssen noch mal Porree-Eintopf von gestern essen. Porree-Eintopf ist das pure Grauen. Er sieht furchtbar aus, er riecht grässlich und was das Schlimmste ist, er schmeckt auch so. Auf einer Skala von 1 bis 10 erreicht er locker 10 Ekelpunkte mit Sternchen. Papa liebt Porree-Eintopf. Besonders wenn er ihn selber macht. Deshalb macht er ihn meistens auch selber und dann gleich in unserem größten Topf. Damit es reicht und alle davon satt werden. Ich bin immer schon satt, wenn er den Topf auf den Tisch stellt. Aber ich muss trotzdem Porree-Eintopf essen. Weil Malte sonst auch nicht davon essen will und ich als großer Bruder ihm ein Vorbild sein muss. Kleine Kinder ahmen ihre großen Geschwistern nach und lernen so von ihnen, hat Mama gesagt. Aber in diesem Fall würde ich gern auf Belehrungen verzichten.

Wen Malte jetzt gerade nachahmt, weiß ich nicht. Jedenfalls nicht mich. Ich habe ihm bestimmt nicht gezeigt, wie man mit einem Fussball auf einen Würstchengrill schießt. Volltreffer. Es knallt und der Grill zittert, als hätte er Schüttelfrost. Vielleicht wäre gar nichts weiter passiert, wenn Pfiffi nicht dem Ball nachgestürzt wäre. Aber das ist nur Spekulation. Tatsache ist, das Piffi jetzt ganz dicht hinter dem Ball angeflogen kommt und die Bremse nicht findet. Wenn es bei Hunden auch so ist, dass die jungen die älteren Geschwister nachahmen, dann hat Pfiffi bestimmt einen Bulldozer als großen Bruder. Es gibt noch einen Knall und der Grill liegt, in alle Einzelteile zerlegt, verstreut im Garten. Das Gestell im Goldfischteich, der Grillrost zwischen den Wäschepfählen und die Kohleschüssel auf Mamas Gartenliege.

Dummerweise ist die Schüssel mit glühenden Holzkohlestückchen gefüllt und die Liege aus Plastik. Arschkarte! Das Plastik schmilzt wie Schnee in der Sonne und eine Rauchsäule steigt auf und kriecht in den Apfelbaum. Schließlich ist der Apfelbaum komplett in einer schwarzen Wolke verschwunden. Jetzt wäre es Zeit aufzustehen und das Feuer zu löschen oder wenigstens die Feuerwehr anzurufen.

Wenn man keine Behinderungen hat, ist das auch kein Problem. Wenn man jedoch mit einem Gipsbein und einem Schweigegelübde belastet ist, sind die Chancen dafür gleich null. Also gucke ich weiter zu, wie die Gartenliege vor sich hin rußt und hoffe, das es gleich regnen wird.

Es regnet nicht. Dafür kommt nun doch die Feuerwehr mit Blaulicht und Alarmsirene. Die Rußwolke schwebt mittlerweile wie ein riesiges Monster über unserem Garten. Irgendwem aus der Nachbarschaft muss aufgefallen sein, dass das keine normale Würstchengrillwolke ist und hat für mich die Feuerwehr angerufen. In Nullkommanix ist Mamas Gartenliege gelöscht. Die Feuerwehrleute sind auf Zack. Sie bauen den Grill wieder zusammen, bringen Pfiffi zurück und entsorgen auch gleich noch die Gartenliege.

Dabei steht Malte die ganze Zeit im Weg, damit er auch ja nichts verpasst. Er findet es ganz toll, dass uns die Feuerwehr mal besucht. Damit er sich nachher nicht verplappert und erzählt, was hier los war, sage ich, dass das ein Geheimnis zwischen uns bleiben muss und wer ein Geheimnis bricht, der muss zur Strafe jeden Tag Porree-Eintopf essen.

Als Mama und Papa nach Hause kommen, ist es schon spät. Papa hat schlechte Laune. Nicht wegen dem Auto. Das hat bloß ein paar Kratzer abbekommen und kann schon am nächsten Tag wieder aus der Werkstatt entlassen werden. Papa schimpft vielmehr über den Papierkram, den er dafür ausfüllen musste und der angeblich locker ausreichen würde, um ein ganzes Aktenlager zu füllen. Mama sagt nichts dazu. Sie räumt den leeren Würstchenteller weg und murmelt, dass es gut war, dass wir mit dem Essen nicht auf sie gewartet haben. Sie und Papa würden schon nicht verhungern. Es mache gar nichts, dass wir alle Würstchen verputzt hätten. Schließlich sei ja noch Porree-Eintopf da. Als Malte das hört, rennt er ins Haus und kräht: „Ich sagä-ä-ä ni-i-i-chts!“

Mama guckt mich an, als würde ich ihr etwas verheimlichen. Und da hat sie auch Recht. Aber ich sage auch nichts. Dafür brummt Papa jetzt: „Ich glaube, das Sternschnuppengucken müssen wir heute ausfallen lassen. Der Himmel ist ja plötzlich pechschwarz wie ein Ofenloch."

„Komisch. Eben auf der Straße waren doch überall noch Sterne zu sehen", staunt auch Mama und sucht vergeblich den Himmel ab. Ich nicke bloß und verziehe mich ebenfalls nach drinnen. Natürlich könnte ich das Rätsel jetzt lüften und den beiden verraten, dass die Sterne über unserem Garten gerade alle hinter einer dicken Rußwolke stecken. Aber wie gesagt, von mir erfährt auch keiner was. Schließlich habe ich ein Schweigegelübde abgelegt. Und das kann ich ja wohl unmöglich brechen.

Arschkarte Nummer 10

Nach den Sommerferien bekommt unsere Klasse Verstärkung. Direktor Kittel platzt mit einer neuen Schülerin in die Deutschstunde und stellt sie uns vor. Sie heißt Frizzi, sagt er, und dass sie für ein paar Wochen mit uns lernen wird.

Hannibal meldet sich sofort und fragt, wieso die Neue bloß ein paar Wochen in die Schule muss und ob die Möglichkeit auch für ihn bestünde. Daraufhin starrt ihn Direktor Kittel grimmig an und erklärt ihm, dass Frizzi in einem Zirkus wohnt und dass sie nur so lange hier bleibt, wie der Zirkus hier bleibt. Und wenn er persönlich so wenig Wert auf Bildung lege, dann könne er ja mal im Zirkus nachfragen, ob noch eine Stelle als Clown frei wäre. Da müsse man bloß Grimassen schneiden und dummes Zeug reden und das könne er ja ausgezeichnet, wie wir eben alle erleben konnten. Daraufhin guckt Hannibal grimmig und murrt leise, man wird ja noch mal fragen dürfen und Clown ist immer noch besser als Schuldirektor, da hat man wenigstens Freunde.

Schade, dass der Kittel das nicht gehört hat. Sonst hätte er uns jetzt vielleicht etwas mehr über sein Privatleben verraten, wie es ist, ohne Freunde und so. Wir hätten ihn endlich mal näher kennen und verstehen gelernt und müssten nicht immer die Köpfe schütteln oder mit den Schultern zucken sobald er uns etwas fragt, weil wir es wieder mal nicht kapiert haben. Besonders schlimm ist es immer in Mathe. Da kommt er uns meistens wie ein unergründliches Orakel vor. Rudi sagt, Mathe beim Kittel ist für ihn wie Fremdsprachenunterricht. Genauso gut könnte „Kalmückisch für Fortgeschrittene" auf dem Stundenplan stehen. Und für Bernd ist unser Direktor wie ein Banktresor: voller Zahlen aber total verschlüsselt. Ich glaube, sie haben irgendwie beide recht.

Im Gegensatz zu unserem Direktor müssen wir Schüler uns immer ausführlich zu unserem Privatleben äußern und unser Innenleben nach außen stülpen. Das gilt besonders, wenn man neu ist. Die Neue weiß, was von ihr erwartet wird – in anderen Schulen scheinen dieselben Probleme zu herrschen. Sie rasselt ohne mit der Wimper zu zucken ihre Einstandsrede herunter und hinterher sind wir genau so schlau wie vorher. Bloß, dass sie Frizzi heißt und nicht im Zirkus sondern in einem Wohnwagen wohnt, kriegen wir mit. Und dass die Clowns in ihrem Zirkus alle Abitur haben und leider schon alle Clownsstellen besetzt sind. Und dass wir alle zur Abendvorstellung eingeladen sind, natürlich kostenlos! Das finden wir toll und spannend. Die meisten von uns haben noch nie einen Zirkus von Innen gesehen. Allerhöchstens mal im Fernsehen oder in einem Computerspiel. Nur Hannibal kennt sich aus. Der hat bei sich zu Hause öfter Zirkus und zwar mehr, als ihm lieb ist. Wir sind schwer beeindruckt. Daraufhin erklärt Meerschweinchen-Klara uns stolz, dass sie schon mal mit ihren Meerschweinchen Zirkus gespielt hat. Wir sind nicht beeindruckt. Welcher vernünftige Mensch spielt schon mit Meerschweinchen?

Direktor Kittel hat es plötzlich sehr eilig. Er müsse noch mit zwei Rabauken aus der Neunten ein Hühnchen rupfen und da wolle er nicht zu spät kommen, sagt er und erklärt kurzerhand das Kennenlernen für beendet. Wir wundern uns ein wenig, dass auch Rabauken an unserer Schule lernen und fragen uns im Stillen, wie die wohl hierher gekommen sind, während unser Direktor das Zimmer wieder verlässt. An der Tür dreht er sich noch einmal um, zwinkert uns zum Abschied zu und flüstert, dass wir nun ein „echtes Überangebot an Mädchen“ in der Klasse hätten. Hannibal brummt hinter mir, dass das Humbug sei, und dass wir – im Gegenteil – viel zu wenig Mädchen hätten. Wie auf Verabredung nicken Rudi, Bernd und ich. Wir wissen sofort, was er meint. Eigentlich haben wir nur ein richtiges Mädchen. Pfannkuchen-Rosi. Sie ist die Einzige, die wir beim Fußball gebrauchen können. Als Torpfropfen nämlich. Wir stellen sie ins

Tor und das Tor ist dicht. Die Mannschaft, die Pfannkuchen-Rosi im Tor stehen hat, bekommt nie ein Gegentor rein und kann deshalb schon mal nicht verlieren. Alle anderen Mädchen unserer Klasse sind Nieten im Fußball. Sie stehen auf dem Platz rum wie vergessene Slalomstangen, die man dauernd umständlich umkurven muss. Und nun haben wir noch eine Slalomstange dazubekommen. Das einzige Überangebot das wir haben, ist ein Überangebot an Slalomstangen.

Frizzi darf sich aussuchen, wo sie sitzen möchte und entscheidet sich für den Platz neben Hannibal. Wieso sie sich ausgerechnet da hinsetzt, ist mir schleierhaft. Klar, neben mich kann sie sich nicht setzen, denn da sitzt ja schon die Heidelbeere. Und neben Pfannkuchen-Rosi will sich niemand setzen, weil es da eng ist und man eingequetscht wird wie eine Sardine in der Dose. Rosi behauptet zwar ständig, es sähe bloß so aus, als ob sie zwei Plätze gleichzeitig belegen würde, weil nämlich ihre Schulbank kürzer wäre. Aber jeder der Augen im Kopf hat, kann sehen, dass ihre Schulbank nicht kürzer ist. Das haben wir ihr auch gesagt. Daraufhin hat Rosi erwidert, dass es dann nur an den mickrigen Stühlen liegen kann, dass sie so unvorteilhaft wirkt. Ihre Stühle sind offensichtlich schmaler als unsere. Daraufhin haben wir dann nichts mehr gesagt.

Jedenfalls setzt sich Frizzi jetzt neben Hannibal. Der freut sich und grinst breit.

Wenn er nicht diese großen Ohren hätte, wäre er jetzt das erste Smiley auf zwei Beinen. Jetzt hat Hannibal endlich wieder jemanden, dem er ausführlich erzählen kann, warum er nicht Max oder Moritz heißt. Und dass er mit seinem Namen total unglücklich ist, und dass es verboten werden sollte, dass sich Eltern vor der Geburt ihres Kindes im Kino Filme ansehen, speziell Filme über große Persönlichkeiten. So könnte verhindert werden, dass ihre Kinder nachher mit einer Namensbehinderung zur Welt kommen.

Kaum hat sich Frizzi hingesetzt, greift Hannibal das Thema auch schon auf und labert ihr damit die Ohren voll. Jetzt muss Frizzi dran glauben. Sie kann ja nicht weglaufen. Aber wir zeigen kein Mitleid.

Das muss sie aushalten. Wir haben das alle durchmachen müssen. Mittlerweile weiß ich auch, warum sich Frizzi ausgerechnet neben Hannibal gesetzt hat. Nämlich wegen mir. Da der Platz neben mir schon besetzt ist, sitzt Frizzi eben hinter mir. Das ist klug von ihr. Sie hat erkannt, dass vor ihr ein Genie sitzt. Es kommt nicht alle Tage vor, dass man ein Genie trifft. Da sollte man jede Gelegenheit zum Kennenlernen beim Schopfe packen.

Aber in der Pause kommt Frizzi dann doch nicht dazu, mir Fragen zu stellen, die nur ein Genie beantworten kann. Die Heidelbeere nimmt sie gleich in Beschlag und führt sie in die Geheimnisse und Besonderheiten unseres Klassenlebens ein. Natürlich so, wie sie es durch ihre Brille sieht: Sie ist die Misses Superschlau und wir anderen sind die Deppen und Versager. Offenbar sind ihre Brillengläser ständig beschlagen oder aus Milchglas. Aber es ist zwecklos, ihr da zu widersprechen. Wir bräuchten ja bloß mal ins Klassenbuch zu sehen, dann wüssten wir, was sie meint. Natürlich gucken wir da nicht rein. Wer hat schon Lust, dauernd mit seinen Niederlagen konfrontiert zu werden.

Eigentlich hatte ich mir vorgenommen, den falschen Eindruck, den Frizzi jetzt durch die Heidelbeere von uns gewonnen hat, gleich wieder auszuradieren und nebenbei noch auf die vielen Nobelpreise hinzuweisen, die ich demnächst bekommen werde. Aber die nächste Stunde haben wir Musik bei Frau Schrei. Und wenn Frau Schrei am Klavier klimpert und dazu aus voller Kehle singt, kann man unmöglich ein Gespräch führen. Dann macht sie ihrem Namen alle Ehre. Nichts übertönt das Geschrei von Frau Schrei. Also habe ich keine andere Wahl, als mein Vorhaben auf später zu verschieben.

Nach der Schreistunde ist Schulschluss. Frizzi hat denselben Heimweg wie Rudi, Bernd und ich. Das finden wir drei prima. So bekommen wir die Gelegenheit, den Quatsch den die Heidelbeere über uns verbreitet hat, endlich zu korrigieren. Wir machen das, indem wir einfach von allem, was die Heidelbeere gesagt hat, immer genau das Gegenteil behaupten. Zum Beispiel hat sie über mich erzählt, ich wäre faul und würde in den Leistungskontrollen ständig von ihr abschreiben. Ich wehre mich gegen die fiese Unterstellung, indem ich Frizzi erkläre, dass ich fleißig bin, weil ich ja abschreibe. Wenn ich faul wäre, würde ich mir die Arbeit gleich ersparen. Außerdem, hat die Heidelbeere gesagt, ist bei mir eine Schraube locker, weil ich manchmal Dinge sage, die keinen Sinn ergeben und die kein Mensch versteht und deshalb hätte ich auch keinen Verstand. Natürlich habe ich jetzt nichts von dem Quasselmonster in meinem Ohr gesagt, sonst hätte Frizzi womöglich wirklich noch gedacht, ich habe nicht alle Tassen im Schrank. Stattdessen habe ich ihr erzählt, dass ich als Genie auf die Welt gekommen bin und dass mir die Heidelbeere den Ruhm als Genie nicht gönnt. Und Bernd hat genickt und gesagt, dass ein wahres Genie immer mit einem Bein in der Klapsmühle steht und dass die Heidelbeere bloß neidisch ist.

Über Bernd hat die Heidelbeere auch gegiftet. Sie hat gesagt, dass er eitel wäre, weil er dauernd seinen Scheitel kämmt. Bernd hat seinen Kamm hervorgeholt und seinen Scheitel gekämmt und zu Frizzi gesagt, dass er nicht das geringste Interesse an seiner Person verspüre und dass er sich bloß kämmt, weil er Produkttester für Kämme ist und dass dies zu seinen Aufgaben gehört.

Und an Rudi hat die Heidelbeere überhaupt kein gutes Haar gelassen. Rudi wäre der Liebling von unserem Sportlehrer und er könnte eingegipst im Bett liegen und würde vom Triller trotzdem nur Einsen bekommen, hat sie ihn madig gemacht. Aber Rudi hat das nicht auf sich sitzen lassen. Er hat gesagt, dass das nicht wahr wäre und dass er damals, als er das Gipsbein hatte, bloß eine Zwei Plus bekommen hätte. So kommt nach und nach die Wahrheit doch noch ans Licht und Frizzi bekommt einen korrekten Eindruck von uns.

Frizzi ist wirklich in Ordnung. Sie kichert nicht albern rum. Sie klimpert nicht mit den Augen oder zupft sich an den Haaren. Und sie hat auch kein Handy, das ihr ständig am Ohr klebt. Sie hört uns einfach zu und manchmal grinst sie oder spuckt uns vor die Füße und sagt Dinge wie: „Abgefahr'n, Mann!“ oder „Echt Krass!“ oder „Boah, eh!“, wie jeder vernünftige Mensch eben.

„Bestimmt ist sie auch im Fußball zu gebrauchen“, flüstert uns Rudi hinter ihrem Rücken zu. Wir sehen uns vielsagend an und nicken. Und damit ist es beschlossene Sache: Wir werden Frizzis Fußballkünste gleich mal testen. Wenn sie sich nicht so blöd anstellt, wie die anderen Mädchen aus unserer Klasse, werden wir sie gleich in den Spielbetrieb mit einbauen. Einen guten Spieler können wir immer gebrauchen. Slalomstangen haben wir ja genug.

Als Testgelände wählen wir unseren Bolzplatz. Der liegt direkt am Schulweg. Man kann ihn aber nicht gleich sehen, weil er hinter einer Hecke versteckt ist. Die Hecke bildet eine dichte Wand aus Zweigen, Blättern und Dornen. Sie schützt uns gegen den Wind und gegen neugierige Gaffer. Sie ist so hoch gewachsen, dass man den Ball von außen nur sieht, wenn man ihn mindestens drei Meter über das Tor drischt. Um ein Zirkuszelt verschwinden zu lassen, reicht die Höhe aber noch nicht aus. Wir sehen das Zelt schon von Weitem, und als wir kurz darauf die Hecke durchschreiten, bekommen wir noch mehr zu sehen. Auf unserem Bolzplatz tummeln sich die Zirkusmitarbeiter. Der Anblick ist ein Schock für uns. Neben dem einen Tor steht ein Elefant und langweilt sich.

Wie bei einem Wackeldackel schaukelt er mit seinem Kopf hin und her. Dann wird ihm auch das zu langweilig und er beginnt, unser Tor umzustoßen. Vor dem anderen Tor haben sich drei Kamele eingefunden und knabbern die Baumrinde von den Pfosten. Und zwischendrin wühlt eine Rotte Hängebauchschweine unseren Platz um und verwandelt ihn in einen Kartoffelacker.

Zugegeben, bis eben noch war ich fast ein bisschen verschossen in Frizzi. Aber das ist jetzt vorbei. Was fällt den Mistviechern ein, sich dermaßen daneben zu benehmen? Das hier ist ein Fußballtrainingscamp und nicht das Tobeland für durchgeknallte Vierbeiner! Unter diesen Umständen pfeife ich auf den Zirkus. Die Einladung für heute Abend kann Frizzi behalten.

Ich bin so wütend, dass ich mein Schweigegelübde glatt vergesse und Frizzi meine Meinung unverblümt ins Gesicht schleudere. Doch was sie nun von mir zu hören bekommt, ist wieder mal überhaupt nicht das, was ich eigentlich sagen wollte. Ich brülle nämlich wie ein Stier:

„Im Traum bin ich 'ne Kampftomate
mit Schwarzem Gürtel in Karate.
und träller auf 'ner Hitparade
die Dampfhammerhandkantenschlagsonate."

Arschkarte! Danach ist es mucksmäuschenstill ringsum und alle glotzen mich mit großen Augen an. Die Zirkusmitarbeiter, Bernd und Rudi und natürlich erst recht Frizzi. Bestimmt denkt sie jetzt, die Heidelbeere hat doch Recht mit ihrer Vermutung und bei mir ist echt eine Schraube locker. Dabei habe ich bloß ein Quasselmonster im Ohr, das mir immer wieder solche krassen Sprüche zuflüstert. Schade, dass es keine Wünsche erfüllt. Dann würde ich mir jetzt wünschen, dass gleich noch ein Spruch kommt, und zwar einer, der mich auf der Stelle unsichtbar macht.

Arschkarte Nummer II

Am nächsten Tag tut Frizzi so, als wäre ich tatsächlich unsichtbar geworden. Entweder guckt sie an mir vorbei oder direkt durch mich hindurch. Keine Ahnung, ob es noch an dem peinlichen Gedicht liegt oder weil ich die Zirkusvorstellung boykottiert habe.

In jedem Fall bin ich Luft für sie. Dafür schmeißt sich die Heidelbeere weiter unablässig an sie ran und textet sie zu. Sogar im Unterricht. Das ist für mich eine echte Qual. Weil die Heidelbeere nichts von Bruno Barrikade oder Zombies versteht, sondern ständig nur von Life-Style und Fashion faselt. Am liebsten würde ich einfach aufstehen und sagen: Heidrun-Beatrice geht mir auf die Nerven mit ihrem Modekram! Ich beantrage einen Sitzplatz, an dem über Fußball und Horrorfilme gesprochen wird!

Tatsächlich gibt es in unserer Klasse so einen Ort. Dort sitzen die Schüler, die gehobenere geistige Ansprüche besitzen. Dort sitzen Rudi und Bernd. Für mich wäre da auch noch ein Platz zu haben. Aber es gibt ein Problem. Das intellektuelle Niveau ist dort leider nur außerhalb von Leistungskontrollen hoch. Sobald wir ein Diktat oder eine Klassenarbeit schreiben, herrscht Ebbe. Wenn man da abschreiben will, kriegt man meistens bloß leere Seiten zu sehen oder ein Geschmiere, aus dem nicht mal ein Lehrer schlau wird. Wenn ich dagegen bei der Heidelbeere abschreibe, kann ich immer alles gut lesen und mich außerdem hundertprozentig darauf verlassen, dass auch stimmt, was da steht. Deshalb bleibe ich schön neben ihr sitzen und beiße die Zähne zusammen. Genau wie Hannibal. Der sitzt ja hinter der Heidelbeere und muss sich demzufolge den ganzen Kram auch mit anhören. Doch Hannibal leidet längst nicht so wie ich. Er interessiert sich zwar auch nicht für Parfüm und Nagellackentferner, aber er interessiert sich für Schüler, die noch nicht wissen, wie er zu seinem Namen gekommen ist und wie man sich mit so einem Namen fühlt. Sobald die Heidelbeere mal für eine Minute die Klappe hält, schaltet sich Hannibal ein und spult sein Lieblingsthema ab.

Nach drei Tagen schließlich wird es Frizzi zu viel. Plötzlich bin ich wieder sichtbar für sie. Sie fragt mich in der Pause, ob ich nach der Schule auch immer so einen Brummschädel hätte und wie ich dieses Geschwätz bloß ein ganzes Schuljahr lang aushalten könne. Und dann sagt sie, dass sie froh ist, bloß noch ein paar Wochen überstehen zu müssen und dass sie nicht mit mir tauschen möchte und dass mein Gedicht neulich gar nicht so übel war, nur die Lautstärke hätte sie etwas überrascht.

Ich fand Frizzi schon von Anfang an ganz nett. Nach dieser überwältigenden Ansprache fühle ich, dass die Bezeichnung „nett" jetzt nicht mehr ausreicht. Nachdem ich mir stundenlang den Kopf zermartert habe, fällt mir endlich das passende Wort für sie ein. Frizzi ist eine Wucht! Jawohl, das ist sie!

Als ich es Bernd und Rudi verrate, zuckt Rudi erschrocken zusammen und stöhnt: „Arschkarte!" Bernd kramt seinen Kamm hervor und brummt rätselhaft: „War doch klar wie Kloßbrühe." Ich habe keinen Schimmer, was plötzlich mit den beiden los ist und verlange Aufklärung. Rudi guckt zu Bernd und seufzt: „Mach du es. Ich kann so was nicht." Bernd sagt erstmal gar nichts. Er macht ein ernstes Gesicht und zieht sich den Scheitel nach. Einmal. Zweimal. Dreimal. Es ist, als ob er erst noch überlegen muss, wie er es mir am schonendsten beibringt – das Unheilvolle, das Grausige, die ultimative Schreckensbotschaft. Plötzlich steckt er mit einem Ruck den Kamm wieder weg, guckt mir tief in die Augen und sagt: „Edgar, altes Haus, die Wahrheit ist manchmal bitter. Du musst jetzt stark sein: Du bist verliebt!"

Ebenso gut hätte er jetzt auch sagen können: Walfische haben Flügel. Oder Pfannkuchen-Rosi schafft zehn Felgumschwünge hintereinander ohne Hilfestellung. Oder die Heidelbeere ist Weltmeisterin im Keulenschwung. Oder Hannibal findet seinen Namen ganz toll. Oder meine große bekloppte Schwester Stella hat sich von ihrem Handy getrennt. Oder mein kleiner bekloppter Bruder Malte verzichtet ab sofort auf Süßigkeiten und schmeißt sich dafür nicht mehr vor jeder Ladenkasse auf den Boden. Es gibt tausend irre Vorstellungen die nicht halb so verrückt sind wie diese eine: Ich sei verliebt. Lachhaft! Natürlich bin ich das nicht und natürlich sage ich den beiden auch sofort, dass das der größte Blödsinn ist, den ich jemals gehört habe.

Aber die zwei bestehen drauf. Rudi meint, es sei leider eindeutig, so wie ich aussehe. Benebelter Blick und breit auseinander gezogene Mundwinkel. Wer rumläuft wie ein schlafwandelnder Grinsemond könne bloß verliebt sein. Und Bernd klopft mir auf die Schultern und raunt mir zu, wir müssten jetzt alle zusammenstehen und die Nerven bewahren. Damit ich nicht in der Klapsmühle lande. Denn die Gefahr wäre bei mir doppelt groß. Und dann erklärt er mir auch wieso: „Wie du weißt, stehst du ja bereits mit einem Bein in der Klapsmühle", sagt er. „Du bist eine

Genie und Genies vollbringen ja bekanntlich manchmal die unglaublichsten Dinge. Dafür bekommen sie irgendwann tolle Preise oder einen Platz in der Klapsmühle. Je nachdem ob sie für ihre Taten hinterher als Helden verehrt oder zu Wahnsinnigen erklärt werden. Auch Verliebte tun mitunter Dinge, die über unseren Verstand hinausgehen. Doch werden sie danach niemals zu Helden, sondern immer für verrückt erklärt. Aus diesem Grund stehen auch Verliebte bereits mit einem Bein in der Klapsmühle. Je nachdem ob sie nach der Tat zu Helden oder für verrückt erklärt werden. Auch Verliebte tun oft Dinge, die für einen normalen Menschen unmöglich sind. Doch werden sie nach der Tat niemals zu Helden, sondern immer für verrückt erklärt. Aus diesem Grund stehen auch Verliebte mit einem Bein in der Klapsmühle. Und wenn man jetzt das Bein von einem Genie und das Bein von einem Verliebten zusammenzählt, dann muss man kein Matheass sein, um herauszufinden, mit wie vielen Beinen du demnächst in der Klapsmühle stehst, wenn du dich jetzt nicht zusammenreißt."

Während Bernd so versucht, mir den Ernst meiner Lage klarzumachen, zeigt mir Rudi einen Zeitungsausschnitt, auf dem ein Mann zu sehen ist, der gerade mit einem riesigen Blumenstrauß vorm Gesicht gegen einen Laternenmast läuft. Über dem Bild steht in fetten Buchstaben: „Nase gebrochen – Liebe macht blind".

Jetzt wird es mir doch ein bisschen mulmig. Na toll, erst wird man blind und dann kriegt man auch noch eine gebrochene Nase. Darauf kann ich echt verzichten. Aber Bernd sagt, ich müsse mir da kein Sorgen machen. Verliebt sein ist wie verzaubert sein. Man braucht bloß den passenden Umkehrzauber und schon ist alles wieder gut. Und dann verrät er mir auch gleich, wie der aussieht. Er hält mir zwei Kinokarten unter die Nase und sagt: „Du lädst sie ins Kino ein, klar?"

Kinokarten sind Bombe! Und geschenkte Kinokarten sind Superbombe! Aber nicht, wenn auf den Kinokarten „Der Froschkönig" steht. Wenn es um Bruno Barrikade gegangen wäre oder um eine Zombiearmee, kein Problem. Sogar vegetarische Vampire wären zur Not noch gegangen. Aber ein Märchenfilm! Keine zehn Pferde kriegen mich da rein. Niemals! Eher nehme ich bei Frau Schrei privat Gesangsunterricht oder spüle freiwillig in unserer Schulküche für Frau Aufessen die Teller ab. Rudi sieht mir an, dass ich nicht ins Kino will und grinst: „In deiner Haut möchte ich jetzt nicht stecken!" – Was Bernd mächtig auf die Palme bringt. Er faucht Rudi an, er solle die Klappe halten, es wäre alles auch so schon ärgerlich genug. Dann faucht er mich an: „Und du gehst mit Frizzi ins Kino und guckst dir den bescheuerten Film an oder du landest früher oder später in der Klapsmühle. Und glaube bloß nicht, dass wir dich dann jeden Tag besuchen kommen!"

Also gut. Ich mache es. Aber erst, nachdem Bernd sein Angebot noch mit einem Gutschein für einen Eimer Knusperkräcker aufgestockt hat. Natürlich im XXL-Format. So kann ich gleich zwei Fliegen mit einer Klappe schlagen. Der Eimer macht satt und Spaß habe ich auch noch dabei. Ich kann es im ganzen Kino Kräcker regnen lassen und muss trotzdem nicht verhungern.

Im Kino sitzen wir in einer Kuschel-Loge. Das sind zwei Sitze nebeneinander ohne Armlehne in der Mitte. Ich habe mich rechts gesetzt und Frizzi sitzt links. Zwischen uns steht der Eimer mit den Kräckern. Wir sitzen ein bisschen gequetscht, aber sonst geht es.

Manchmal lächelt mich Frizzi an und ich grinse dann zurück. Frizzi weiß immer noch nicht, was für ein Film gezeigt wird. Ich sage ihr, es ist ein Geheimnis und sie soll sich überraschen lassen.

Nach und nach füllt sich das Kino. Überall krakeelen kleine Giftzwerge herum und erinnern mich an Malte. Ich glaube, wir sind mit Abstand die Ältesten hier im Kino. Schließlich hebt sich der Vorhang und es geht los.

Es dauert keine zwei Minuten, da zieht Frizzi mit einem Ruck den Kräckereimer zu sich auf den Schoß und schaufelt wild den Inhalt in sich hinein. Mir läuft das Wasser im Mund zusammen, aber Frizzi rückt nicht einen Kräcker raus. Als der Vorhang fällt und das Licht wieder angeht, ist der Eimer leer und Frizzi beschwert sich über meinen kranken Filmgeschmack und erklärt mir, dass sie Frösche total eklig findet und eher auf Zombies und Vampire steht. Dann fragt sie mich empört, was ich zu meiner Verteidigung zu sagen hätte und mir rutschen trotz Schweigegelübde die Worte heraus:

„Ich bin total verschossen
in deinen Knuspersprossen-
Kräcker,
vom Bäcker.
Der sieht gut aus und
ist schön rund,
wie'n Boxhandschuh,

genau wie du.
Und auch so hart und spröde
wer da reinbeißt, ist schön blöde.

Und trotzdem mag ich deinen Kräcker
und find ihn ausgesprochen lecker.
Er erinnert mich
so sehr an dich.

Drum gib ihn mir', sonst spritz' ich dir
paar fette Sommersprossen,
flugs aus der Ketchup-Flasche hier
auf deine großen Flossen."

Daraufhin macht mir Frizzi eine echt filmreife Szene. Sie knallt mir wütend den leeren Kräckereimer vor die Füße und lässt mich einfach stehen. Aber das macht mir jetzt überhaupt nichts aus. Im Gegenteil. Ich freue mich, dass mir der nächste Eimer wieder ganz allein gehört. Ich glaube, der Umkehrzauber hat tatsächlich gewirkt.

Arschkarte Nummer 12

Ich bin wieder Single. So sagt man, wenn man gerade kein amouröses Abenteuer am Laufen hat. Frizzi ist mit ihrem Zirkus verduftet und ich bin wieder komplett entliebt. Das habe ich Rudi und Bernd zu verdanken. Sie sind echte Freunde. Wenn sie mir nicht geholfen hätten, wäre ich vermutlich erst vor Liebe erblindet und hätte mir dann den Riechkolben gebrochen. Papa sagt immer: Wirkliche Freunde erkennt man erst, wenn man bis zum Hals im Mist steckt. Sie packen ohne zu zögern zu und ziehen einen da wieder heraus. Falsche Freunde dagegen halten sich die Nasen zu und wenden sich ab. Wer einmal im Mist gesteckt hat, der kennt seine wahren Kumpels genau.

Rudi und Bernd sind solche wahren Kumpels. Sie haben mich aus dem Mist gezogen. Dafür bin ich ihnen unendlich dankbar und das habe ich ihnen auch prompt gesagt. Sie haben genickt und geantwortet, dass sie das prima finden. Aber sie würden es noch besser finden, wenn ich meinen Dankesworten auch Taten folgen ließe. Und sie hätten da auch schon eine Idee: Wir gehen alle drei ins Kino und ich darf bezahlen. So könne ich meine Dankbarkeit gleich in der Praxis anwenden und praktische Erfahrungen sind ja bekanntlich noch tausendmal besser als jede Theorie.

Ich bin sofort einverstanden. Aus zwei Gründen. Erstens ist Praxis wirklich besser als Theorie. Jedes Kind weiß das. Spätestens, wenn es zur Schule geht. Da braucht man bloß mal Unterricht und Ferien miteinander zu vergleichen und stößt sofort auf den Unterschied. Unterricht ist Theorie und langweilig. Ferien sind Praxis und aufregend.

Zweitens läuft im Kino gerade „Zombiealarm 50“. Den Film wollte ich mir sowieso angucken. Die anderen neunundvierzig Teile habe ich schließlich auch schon gesehen.

Weil Rudi und Bernd aber zum Film noch Vollverpflegung bestellt haben, muss ich erst mal Kassensturz machen. Vollverpflegung bei den beiden heißt: Poppcorn, Eis, Cola, Hotdogs, Lakritzschlangen, Salzstangen, karamellisierte Erdnüsse, Smarties, Schokoriegel und zum Nachtisch eine doppelte Portion Pommes frites. Selbstverständlich mit einer dreifachen Portion Mayonnaise. Dafür reicht mein Taschengeld niemals. Was kein Wunder ist. Ich kenne keinen in unserer Schule, bei dem das Taschengeld reicht. Ein Schüler und ausreichend Taschengeld, das ist dasselbe wie ein Palmenhain am Nordpol oder wie ein Storch mit Zahnbürste. Das ist ein Unding.

Als ich zu Hause mal auf das Problem hingewiesen habe, hat Papa die Stirn gerunzelt und mir erklärt: „Edgar, wenn man so alt ist wie du, muss man noch viel lernen. Taschengeld ist nicht einfach nur Geld sondern Entwicklungshilfe. Es soll euch junge Menschen lehren, verantwortungsvoll mit Geld umzugehen."

„Aber wie soll ich denn das machen, wenn ich nie welches habe?", habe ich zurückgefragt. Daraufhin hat mich Mama böse angeguckt und gezischt, dass ich mich ja nun wirklich nicht beschweren könne und dass sie als Kind an meiner Stelle froh gewesen wäre, wenn sie überhaupt Taschengeld zur Verfügung gehabt hätte. Woran man erkennen kann, dass Erwachsene keine Ahnung davon haben, wie teuer das Leben eines Schülers heutzutage wirklich ist und dass sie immer noch glauben, schon das bloße Auszahlen von Taschengeld wäre ein Segen für ihre Kinder. Seitdem sage ich zu dem Thema nichts mehr.

Da ich nie genügend Taschengeld bekomme, kann ich natürlich auch keins sparen. Wieso mein Sparschwein trotzdem Klimpergeräusche macht, als ich es jetzt schüttle, ist mir ein Rätsel. Bis ich durch den Schlitz die kleine Keramikscherbe entdecke, die jetzt im Schweinebauch herumkugelt. Die Scherbe muss ich übersehen haben, als ich neulich das Schwein wieder zusammengepuzzelt habe. Mein kleiner bekloppter Bruder hatte es zuvor in einen Scherbenhaufen verwandelt. Seit wir aus dem letzten Osterurlaub vom Bauernhof zurück sind, ist Malte ständig mit seiner Fliegenklatsche unterwegs. Überall stolpert er herum und klatscht Fliegen ab. Dabei ist es ihm völlig schnuppe, ob die Fliege auf einer weißen Wand, einem Stück Torte oder meinem Sparschwein sitzt. Wenn er sie erlegen kann, macht er das ohne mit der Wimper zu zucken. Dazu trägt er die Sturmhaube von Papas Skiausrüstung. Damit ihn die Fliege nicht sehen. Wenn ich das machen würde, gäbe es sofort Taschengeldentzug. Eltern statten ihre Kinder nämlich nicht nur mit viel zu wenig Taschengeld aus. Sie missbrauchen das wenige Taschengeld obendrein auch noch als pädagogisches Druckmittel. Aber Malte geht bisher jedes Mal straffrei aus. Das wird sich erst ändern, wenn er auch Taschengeld bekommt. Im Moment kann er noch machen was er will. Zum Beispiel mit seiner blöden Fliegenklatsche mein Sparschwein zerdeppern.

Wenn Malte gerade mal keine Fliegen abklatscht, kontrolliert er Fahrscheine. Jedenfalls tut er so. Seit vergangener Woche ist das seine neueste Macke. Da hat mein kleiner Bruder zum Geburtstag von Daniel-Cedrics Mutter eine Schaffnerausrüstung bekommen. Mütze, Kelle, Trillerpfeife und Kontrollzange. Daniel-Cedric will später mal Schaffner werden. Malte will das jetzt auch. Bisher habe ich ja geglaubt, dass er mal Hundefänger wird, wenn er groß ist. Aber jetzt bin ich mir nicht mehr so sicher. Mein kleiner bekloppter Bruder knipst nämlich mittlerweile alles, was ihm vor die Schaffnerzange kommt: Papas Skatkarten, die Blätter von Mamas Orchideen, Stellas Zahnpastatube, mein Bruno-Barrikade-Poster, unser Toilettenpapier, das Telefonbuch, die Tischdecke, Salami- und Käsescheiben, das Knäckebrot. Bloß gut, dass meine Nobelpreispokale aus purem Gold sind, sonst würde er sie auch noch löchern, wenn ich sie demnächst bei uns zu Hause aufstelle. Das Einzige, was Malte noch nicht geknipst hat, sind die Spielkarten von meinem Monopolyspiel. Aber die sind sicher vor ihm. Die habe ich in meinem Brustbeutel verstaut. Da kommt er nicht ran.

Während Malte Fahrscheine kontrolliert, hat er immer seine rote Schaffnermütze auf. Papas Ski-Sturmhaube braucht er dann nicht. Malte sagt, dass er auch die Fliegen kontrollieren muss und das geht nur mit einer richtigen Schaffnermütze. Die Sturmhaube liegt dann da, wo er alle Sachen hinschmeißt, die er gerade nicht braucht – unter seinem Bett.

Weil ich das weiß und weil Malte noch im Kindergarten ist, kann ich sie mir jetzt ganz stressfrei ausborgen. Ich habe nämlich keine Lust, mich zu erkälten, wenn ich gleich zur Bank trabe. Ich brauche ja dringend mehr Geld und zum Glück habe ich auf der Bank ein Konto. Das werde ich jetzt einfach plündern. Dann kann ich nachher im Kino mit Geld um mich schmeißen und Bernd und Rudi meine Dankbarkeit beweisen.

Draußen herrscht heute ungemütliches Schmuddelwetter. Aber ich bemerkte es kaum. Papas Sturmhaube ist wirklich toll. Sie hält Hals und Ohren warm und bedeckt auch sonst so ziemlich das ganze Gesicht. Bloß die Augen werden von einem schmalen Schlitz freigehalten, damit man etwas erkennen kann.

Mit großen Schritten stürme ich in die Bank. Ich war schon öfter hier und nie hat bisher jemand sonderlich Notiz von mir genommen. Heute starren mich alle ganz komisch an. Natürlich lasse ich mir nichts anmerken und stelle mich in die Reihe am Bankschalter. Plötzlich fällt mir mein Schweigegelübde wieder ein. Mist! Wie soll ich denn der Frau hinterm Schalter klarmachen, dass ich Geld abheben möchte, wenn ich nichts sagen darf? Vor mir steht ein Mann, der gerade etwas auf einen Zettel schreibt. Und da macht es „Pling!“ in meinem genialen Kopf. Na klar, ich brauche doch bloß aufzuschreiben, was ich will!

Ich schnappe mir den Stift, den der Mann vor mir gerade auf die Ablage zurückgelegt hat. Dann krame ich eine Monopoly-Spielkarte aus meiner Brusttasche und notiere in Schönschrift auf der Rückseite: Ich möchte bitte 30 € von meinem Konto abheben.

Gerade bin ich fertig damit, da zischt jemand am Nachbarschalter: „Geld her und keine Faxen, sonst passiert gleich ein Unglück!“ Neben mir steht ein Typ mit derselben Sturmhaube wie ich und fuchtelt nervös mit einem Päckchen herum.

„Da ist eine Bombe drin. Sobald ich sie fallen lasse, ist hier alles futsch, verstanden?“

Falls es stimmt, was der Kerl sagt, sollte er jetzt besser nicht so mit den Armen rudern.

Sonst rutscht ihm das Ding wirklich noch aus der Hand und reißt ein großes Loch in den Fußboden. Dann bin ich erledigt. Dann wird die Bank sofort wegen Renovierungsarbeiten dicht gemacht und ich kann meine Abhebung vergessen. Blitzschnell zücke ich meine Monopoly-Karte.

Wenn ich jetzt Gas gebe und beim Geldabheben schneller bin als der Typ neben mir, habe ich vielleicht noch eine Chance. Dann könnte ich es noch vor dem Bankräuber nach draußen schaffen, bevor der hier gleich alles in die Luft fliegen lässt.

Aber daraus wird nichts. Die Bankangestellte hinterm Schalter wird mit einemmal ganz blass und schiebt mir ein Bündel Geldscheine hin.

Während der Bankräuber gleich darauf mit einem ganzen Rucksack voller Geldscheine wieder verschwindet, zerbreche ich mir weiter den Kopf darüber, was bei mir jetzt schief gelaufen ist. Bis ich mitkriege, dass ich die Monopoly-Karte falsch herum halte. Anstatt der Frau hinterm Schalter die Rückseite mit meiner schriftlichen Bitte zu zeigen, halte ich ihr die ganze Zeit über schon die Vorderseite vor die Nase. Was steht denn eigentlich vorn drauf? Ereigniskarte. Die Bank schuldet dir 5000 €. Na toll! Arschkarte! Klar, dass die Bankangestellte jetzt denken muss, ich bin ein Komplize des Bankräubers.

Bevor ich den Irrtum aufklären kann, wimmelt es in der Bank von Polizisten, die mich alle verhaften wollen. Ins Gefängnis muss ich aber dann doch nicht. Weil ich bloß Geld von meinem Konto abheben wollte und außerdem bereit bin, mit der Polizei bedingungslos zu kooperieren. Ich soll den Täter beschreiben.

„Kein Problem, Herrschaften“, sage ich. „Dafür muss ich bloß mein Schweigegelübde wieder ablegen.

Aber das macht nichts. Es bringt ja sowieso nichts. Das Quasselmonster schlägt trotzdem zu, wann und wo es will.“

Die Polizisten gucken mich an, als wäre ich nicht ganz richtig im Kopf. Doch ich bleibe cool und gebe als nächstes meine Täterbeschreibung zu Protokoll:

„Ein Fährpferd fährt aufs Meer hinaus,
hat Pfandflaschen geladen.
Drum fährt das Pferd ins Pfandleihhaus,
nach – warte mal – lass mich raten:
Der Ort reimt sich auf seinen Namen,
wenn ich richtig liege.
Den Namen weiß ich, es ist nicht Ulf
und auch nicht Frederike.

Es heißt auch nicht Kopernikus,
drum fährt's nicht nach Mauritius.
Kein Treffer bringt auch Lanzarote,
es heißt mitnichten Don Quijote.

Gestrichen auch die Wüste Gobi,
das Pferd heißt nämlich auch nicht Grobi.
Ja, hieße es Gustl-Hansi gar,
dann führe es nach Sanzibar.

Doch heißt dies Pferd hier Sören.
Drum sind's wohl die Färören.“

Danach werde ich doch noch mit Blaulicht und Sirene abtransportiert. Aber nicht ins Gefängnis. Ich werde zu Doktor Heilfroh in die Praxis gebracht und muss mich untersuchen lassen. Doktor Heilfroh tut das wie immer gründlich und erklärt mir anschließend, ein Banküberfall ist kein Schnupfen. Sowas geht an die Nerven und man darf das nicht auf die leichte Schulter nehmen. Dann verordnet er mir Ruhe und schreibt mich für die nächsten drei Tage krank. Drei Tage schulfrei sind prima. Ich hätte auch drei Monate genommen, aber Doktor Heilfroh sagt, drei Tage würden reichen und ich brauche nur wiederzukommen, falls mir mal wieder die Sicherungen durchbrennen sollten. Doktor Heilfroh ist echt ein guter Arzt. Aber hier irrt er sich. Meine Sicherungen sind tipptopp. Für den bekloppten Spruch auf der Polizeiwache kann ich nichts. Daran ist jemand anderes schuld.

Soviel also zu meiner aktuellen Arschkartensammlung.

Ganz schön heftig, was? Hatte ich eigentlich schon erwähnt, dass heute der 4. Advent ist und dass ich geknebelt und gefesselt im Bett liege? Und dass ich Geschwister habe? Und dass sie bekloppt sind? Sonst hätten sie mich ja wohl kaum wie ein Paket verschnürt und dann in meinem Bett abgelegt! Die zwei haben nämlich Muffensausen bekommen.

Malte ist mit Mama und Papa wieder auf den Weihnachtsmarkt gegangen. Diesmal will er dem Weihnachtsmann selber ein Gedicht aufsagen und ihm dann seinen Wunschzettel überreichen. Das geht aber bloß, wenn ich nicht dabei bin. Wenn der Weihnachtsmann mich sieht, läuft er gleich wieder weg und Malte kann seine Weihnachtswünsche vergessen. Glaubt jedenfalls mein kleiner Bruder.

Und Stella hat wieder an diesem Radioquiz teilgenommen. Sie hat sich mit unserem Telefon im Wohnzimmer eingeschlossen und hofft nun, dass es gleich bimmelt und sie das Lösungswort loswerden kann. Diesmal darf nichts schiefgehen, hat sie gesagt. Und dann hat sie mir mit Maltes Hilfe erst ein Rheumapflaster auf den Mund gepappt und mich anschließend vom Hals bis zu den Füßen mit Paketband umwickelt. Ich persönlich finde das ja reichlich übertrieben. Aber wenn ich bedenke, dass meine Geschwister bekloppt sind, muss ich ihnen mildernde Umstände zugestehen. Leider hat nicht jeder das Zeug zu einem Genie. Gäbe es mehr von uns, sähe die Welt viel rosiger aus und ich müsste jetzt nicht geknebelt und gefesselt in meinem Bett liegen. Aber es ist wie es ist. Die Bekloppten sind nun mal in der Überzahl und zwei von ihnen wohnen mit mir auch noch unter demselben Dach. Damit muss ich klarkommen. Genauso wie mit dem Quasselmonster in meinem Ohr. Das scheint sich da auch für länger einquartiert zu haben. Wenn ich so an meine Zukunft denke, habe ich echt kein gutes Gefühl. Irgendwie werde ich den Verdacht nicht los, dass sich meine Arschkartensammlung noch beträchtlich vergrößern wird. Hundertprozentig weiß ich das natürlich noch nicht. Ich bin ja kein Hellseher. Ich bin bloß ein Genie, das demnächst mit allen möglichen Nobelpreisen überhäuft wird. Bestimmt ist mein erster Nobelpreis schon unterwegs zu mir. Ich weiß noch gar nicht, wo ich ihn hinstellen werde. Aber das kann ich mir ja jetzt in aller Ruhe mal überlegen. Ich habe ja zufällig gerade nichts weiter zu tun.

Inhalt